——————阅读之前 没有真相

午夜文库

阿加莎·克里斯蒂

*赫尔克里·波洛系列*

**阿加莎·克里斯蒂**

Agatha Christie（1890—1976）

无可争议的侦探小说女王，侦探文学史上最伟大的作家之一。

阿加莎·克里斯蒂原名为阿加莎·玛丽·克拉丽莎·米勒，一八九〇年九月十五日生于英国德文郡托基的阿什菲尔德宅邸。她几乎没有接受过正规的教育，但酷爱阅读，尤其痴迷于歇洛克·福尔摩斯的故事。

第一次世界大战期间，阿加莎·克里斯蒂成了一名志愿者。战争结束后，她创作了自己的第一部侦探小说《斯泰尔斯庄园奇案》。几经周折，作品于一九二〇年正式出版，由此开启了克里斯蒂辉煌的创作生涯。一九二六年，《罗杰疑案》由哈珀柯林斯出版公司出版。这部作品一举奠定了阿加莎·克里斯蒂在侦探文学领域不可撼动的地位。之后，她又陆续出版了《东方快车谋杀案》《ABC 谋杀案》《尼罗河上的惨案》《无人生还》《阳光下的罪恶》等脍炙人口的作品。时至今日，这些作品依然是世界侦探文学宝库里最宝贵的财富。根据她的小说改编而成的舞台剧《捕鼠器》，已经成为世界上公演场次最多的剧目；而在影视改编方面，《东方快车谋杀案》为英格丽·褒曼斩获奥斯卡大奖，《尼罗河上的惨案》更是成为几代人心目中的经典。

阿加莎·克里斯蒂的创作生涯持续了五十余年，总共创作了八十余部侦探小说。她的作品畅销全世界一百多个国家和地区，累计销量已经突破二十亿册。她创造的小胡子侦探波洛和老处女侦探马普尔小姐为读者津津乐道。阿加莎·克里斯蒂是柯南·道尔之后最伟大的侦探小说作家，是侦探文学黄金时代的开创者和集大成者。一九七一年，英国女王授予克里斯蒂爵士称号，以表彰其不朽的贡献。

一九七六年一月十二日，阿加莎·克里斯蒂逝世于英国牛津郡沃灵福德家中，被安葬于牛津郡的圣玛丽教堂墓园，享年八十五岁。

阿加莎·克里斯蒂 侦探作品年表

**波洛系列**

1920 The Mysterious Affair at Styles《斯泰尔斯庄园奇案》

1923 Murder on the Links《高尔夫球场命案》

1924 Poirot Investigates《首相绑架案》

1926 The Murder of Roger Ackroyd《罗杰疑案》

1927 The Big Four《四魔头》

1928 The Mystery of the Blue Train《蓝色列车之谜》

1932 Peril at End House《悬崖山庄奇案》

1933 Lord Edgware Dies《人性记录》

1934 Murder on the Orient Express《东方快车谋杀案》

1935 Three—Act Tragedy《三幕悲剧》

1935 Death in the Clouds《云中命案》

1936 The ABC Murders《ABC 谋杀案》

1936 Murder in Mesopotamia《古墓之谜》

1936 Cards on the Table《底牌》

1937 Dumb Witness《沉默的证人》

1937 Death on the Nile《尼罗河上的惨案》

1937 Murder in the Mews《幽巷谋杀案》

1938 Appointment with Death《死亡约会》

1938 Hercule Poirot's Christmas《波洛圣诞探案记》

1940 Sad Cypress《H 庄园的午餐》

1940 One, Two, Buckle My Shoe《牙医谋杀案》

1941 Evil Under the Sun《阳光下的罪恶》

1943 Five Little Pigs《五只小猪》

1946 The Hollow《空幻之屋》

1947 The Labours of Hercules《赫尔克里·波洛的丰功伟绩》

1948 Taken at the Flood《顺水推舟》

1952 Mrs. McGinty's Dead《清洁女工之死》

1953 After the Funeral《葬礼之后》

1955 Hickory Dickory Dock《山核桃大街谋杀案》

1956 Dead Man's Folly《弄假成真》

1959 Cat Among the Pigeons《鸽群中的猫》

1960 The Adventure of the Christmas Pudding《雪地上的女尸》

1963 The Clocks《怪钟疑案》
1966 Third Girl《第三个女郎》
1969 Hallowe'en Party《万圣节前夜的谋杀》
1972 Elephants Can Remember《大象的证词》
1974 Poirot's Early Stories《蒙面女人》
1975 Curtain—Poirot's Last Case《帷幕》

**马普尔小姐系列**

1930 The Murder at the Vicarage《寓所谜案》
1932 The Thirteen Problems《死亡草》
1942 The Body in the Library《藏书室女尸之谜》
1943 The Moving Finger《魔手》
1950 A Murder Is Announced《谋杀启事》
1952 They Do It with Mirrors《借镜杀人》
1953 A Pocket Full of Rye《黑麦奇案》
1957 4.50 from Paddington《命案目睹记》
1962 The Mirror Crack'd from Side to side《破镜谋杀案》
1964 A Caribbean Mystery《加勒比海之谜》
1965 At Bertram's Hotel《伯特伦旅馆》
1971 Nemesis《复仇女神》
1976 Sleeping Murder《沉睡谋杀案》
1979 Miss Marple's Final Cases《马普尔小姐最后的案件》

**其他系列及非系列**

1922 The Secret Adversary《暗藏杀机》
1924 The Man in the Brown Suit《褐衣男子》
1925 The Secret of Chimneys《烟囱别墅之谜》
1929 Partners in Crime《犯罪团伙》
1929 The Seven Dials Mystery《七面钟之谜》
1930 The Mysterious Mr. Quin《神秘的奎因先生》
1931 The Sittaford Mystery《斯塔福特疑案》
1933 The Witness for the Prosecution《控方证人》
1934 Why Didn't They Ask Evans?《悬崖上的谋杀》
1934 The Listerdale Mystery《金色的机遇》

## 阿加莎·克里斯蒂 侦探作品年表

1934 Parker Pyne Investigates《惊险的浪漫》
1939 Murder Is Easy《逆我者亡》
1939 And Then There Were None《无人生还》
1941 N or M?《桑苏西来客》
1944 Towards Zero《零点》
1945 Sparkling Cyanide《闪光的氰化物》
1945 Death Comes as the End《死亡终局》
1949 Crooked House《怪屋》
1950 Three Blind Mice and Other Stories《三只瞎老鼠》
1951 They Came to Baghdad《他们来到巴格达》
1954 Destination Unknown《地狱之旅》
1958 Ordeal by Innocence《奉命谋杀》
1961 The Pale Horse《灰马酒店》
1967 Endless Night《长夜》
1968 By the Pricking of My Thumbs《煦阳岭的疑云》
1970 Passenger to Frankfurt《天涯过客》
1973 Postern of Fate《命运之门》
1997 While the Light Lasts《灯火阑珊》

# 出版前言

纵观世界侦探文学一百七十余年的历史，如果说有谁已经超脱了这一类型文学的类型化束缚，恐怕我们只能想起两个名字——一个是虚构的人物歇洛克·福尔摩斯，而另一个便是真实的作家阿加莎·克里斯蒂。

阿加莎·克里斯蒂以她个人独特的魅力创造着侦探文学史上无数的传奇：她的创作生涯长达五十余年，一生撰写了八十余部侦探小说；她开创了侦探小说史上最著名的“黄金时代”；她让阅读从贵族走入家庭，渗透到每个人的生活中；她的作品被翻译成一百多种文字，畅销全球一百五十余个国家，作品销量与《圣经》《莎士比亚戏剧集》同列世界畅销书前三名；她的《罗杰疑案》《无人生还》《东方快车谋杀案》《尼罗河上的惨案》都是侦探小说史上的经典；她是侦探小说女王，因在侦探小说领域的独特贡献而被册封为爵士；她是侦探小说的符号和象征。她本身就是传奇。沏一杯红茶，配一张躺椅，在暖暖的阳光下读阿加莎的小说是一种生活方式，是惬意的享受，也是一种态度。

午夜文库成立之初就试图引进阿加莎的作品，但几次都与版权擦肩而过。随着午夜文库的专业化和影响力日益增强，阿加莎·克里斯蒂的版权继承人和哈珀柯林斯出版公司主动要求将版权独家授予新星出版社，并将阿加莎系列侦探小说并入午夜文库。这是对我们长期以来执着于侦探小说出版的褒奖，是对我们的信任与鼓励，更是一种压力和责任。

新版阿加莎·克里斯蒂作品由专业的侦探小说翻译家以最权威的英文版本为底本，全新翻译，并加入双语作品年表和阿加莎·克里斯蒂家族独家授权的照片、手稿等资料，力求全景展现“侦探女王”的风采与魅力。使读者不仅欣赏到作家的巧妙构思、离奇桥段和睿智语言，而且能体味到浓郁的英伦风情。

阿加莎作品的出版是一项系统工程，规模庞大，我们将努力使之臻于完美。或存在疏漏之处，欢迎方家指正。

新星出版社

午夜文库编辑部

Agatha Christie

Over the next few years, we plan to celebrate two very important Agatha Christie anniversaries. In 2015, it is the 125th anniversary of her birth in Torquay, South Devon, England, and in 2020 it will be 100 years after her first book, THE MYSTERIOUS AFFAIR AT STYLES, featuring her famous detective, Hercule Poirot, was published. This is therefore a very appropriate moment to publish a new edition of her works, and I am delighted that HarperCollins has chosen to work with New Star on these new editions. New Star is China's top crime publisher, and has a strong and dedicated editorial staff and a confirmed passion for Agatha Christie, making them the ideal partner. It is the right time to make these classic books available in modern translations and so to bring Agatha Christie's books anew to her many fans in China, giving them a new reason to re-read these much-loved stories, as well as introducing them to a whole new audience. How delighted Agatha Christie would have been that her stories (as she called them) are still giving so much pleasure to so many people all over the world!

I think there are two very remarkable things about Agatha Christie's stories. The first is that they are so adaptable. It doesn't really matter which language they appear in, the stories and the plots still give the same thrill, still provide the same puzzles, and the characters still have the same attraction. Readers in China will I am sure enjoy Hercule Poirot and Miss Marple just as much as we do in England, and readers in China will still be transfixed by the surprises and horrors of AND THEN THERE WERE NONE, one of the great classics of 20th century detective fiction, as we are here.

# Agatha Christie

The second is that the stories give a wonderful picture of England, particularly rural England, at the time Agatha Christie lived. She wrote books from 1920 until 1970 but it is sometimes hard to tell which part of her life each book was written in. Her characters and the life they lived were very much the same. The life we all live is changing very quickly these days but "the Agatha Christie world stays the same. Perhaps the Miss Marple stories provide the best example of this, and in some ways, THE BODY IN THE LIBRARY and NEMESIS are quite similar, despite the fact that thirty years elapsed between the time they were written.

Perhaps I might end by mentioning three Agatha Christies (other than the ones mentioned above) which I think demonstrate why she is so popular, even in the twenty-first century. The first is MURDER ON THE ORIENT EXPRESS, one of the most famous with one of the most ingenious and human plots. Read this on one of your long train journeys in China! Next is A MURDER IS ANNOUNCED, a Miss Marple which was her 50th book. It has my favourite murderer in it! And last is ENDLESS NIGHT a story about evil and how it affects three young people, written at the time when I knew her best, and understood how deeply she cared and sympathised with young people and the world they lived in.

Whichever are your favourites I hope you enjoy these stories that New Star are introducing to you again. I think it is a great publishing event.

Mathew

Grandson of Agatha Christie

Chairman of Agatha Christie Ltd

## 致中国读者

（午夜文库版阿加莎·克里斯蒂作品集序）

在未来的几年中，我们一直在筹备两个非常重要的关于阿加莎·克里斯蒂的纪念日。二〇一五年是她的一百二十五岁生日——她于一八九〇年出生于英国的托基市；二〇二〇年则是她的处女作《斯泰尔斯庄园奇案》问世一百周年的日子，她笔下最著名的侦探赫尔克里·波洛就是在这本书中首次登场。因此新星出版社为中国读者们推出全新版本的克里斯蒂作品恰逢其时，而且我很高兴哈珀柯林斯选择了新星来出版这一全新版本。新星出版社是中国最好的侦探小说出版机构，拥有强大而且专业的编辑团队，并且对阿加莎·克里斯蒂的作品极有热情，这使得他们成为我们最理想的合作伙伴。如今正是一个良机，可以将这些经典作品重新翻译为更现代、更权威的版本，带给她的中国书迷，让大家有理由重温这些备受喜爱的故事，同时也可以将它们介绍给新的读者。如果阿加莎·克里斯蒂知道她的小故事们（她这样称呼自己的这些作品）仍然能给世界上这么多人带来如此巨大的阅读享受，该有多么高兴啊！

我认为阿加莎·克里斯蒂的作品有两个非常重要的特征。首先它们是非常易于理解的。无论以哪种语言呈现，故事和情节都同样惊险刺激，呈现给读者的谜团都同样精彩，而书中人物的魅力也丝毫不受影响。我完全可以肯定，中国的读者能够像我们英国人一样充分享受赫尔克里·波洛和马普尔小姐带来的乐趣；中国读者也会和我们一样，读到二十世纪最伟大的侦探经典作品——比如《无人生还》——的时候，被震惊和恐惧牢牢钉在原地。

第二个特征是这些故事给我们展开了一幅英格兰的精彩画卷，特别是阿加莎·克里斯蒂那个年代的英国乡村。她的作品写于上世纪二十年代至七十年代间，不过有时候很难说清楚每一本书是在她人生中的哪一段日子里写下的。她笔下的人物，以及他们的生活，多多少少都有些相似。如今，我们的生活瞬息万变，但"阿加莎·克里斯蒂的世界"依旧永恒。也许马普尔小姐的故事提供了最好的范例：《藏书室女尸之谜》与《复仇女神》看起来颇为相似，但实际上它们的创作年代竟然相差了三十年。

最后，我想提三本书，在我心目中（除了上面提过的几本之外）这几本最能说明克里斯蒂为什么能够一直受到大家的喜爱。首先是《东方快车谋杀案》，最著名，也是最机智巧妙、最有人性的一本。当你在中国乘火车长途旅行时，不妨拿出来读读吧！第二本是《谋杀启事》，一个马普尔小姐系列的故事，也是克里斯蒂的第五十本著作。这本书里的诡计是我个人最喜欢的。最后是《长夜》，一个关于邪恶如何影响三个年轻人生活的故事。这本书的写作时间正是我最了解她的时候。我能体会到她对年轻人以及他们生活的世界关心至深。

现在新星出版社重新将这些故事奉献给了读者。无论你最爱的是哪一本，我都希望你能感受到这份快乐。我相信这是出版界的一件盛事。

阿加莎·克里斯蒂外孙

阿加莎·克里斯蒂有限责任公司董事长

马修·普理查德

二〇一三年二月二十日

阿加莎·克里斯蒂侦探作品集②

# 罗杰疑案

*The Murder of Roger Ackroyd*

Agatha Christie®

[英]阿加莎·克里斯蒂 著
常禾 译

新 星 出 版 社 NEW STAR PRESS

献给喜欢传统侦探故事的潘吉

这里有谋杀，有侦查过程

而且嫌疑依次落在每个人头上

目录

目录

# 第一章　谢泼德医生的早餐

弗拉尔斯太太死于九月十六日夜里至十七日凌晨之间，十六日是星期四。第二天是星期五，早上八点就有人请我过去，但已无力回天，她死去好几个小时了。

九点刚过几分，我回到家，用钥匙开了前门的弹簧锁，故意在玄关磨蹭了一会儿，慢吞吞地挂好帽子和薄大衣。初秋的清晨寒意袭人，幸好我颇有先见之明，添了衣服。说实话，我那时相当沮丧，忧心忡忡。虽然当时我不可能预见到接下来几周的风波——我绝对不会那么做——但直觉却告诉我接下来的日子会麻烦重重。

左边的餐厅里传来叮叮的茶杯叩击声，还有姐姐卡洛琳短促的干咳。

“是你吗，詹姆斯？”她喊道。

多余一问。不然还能是谁？老实说，我刚才拖拖拉拉好几分钟，就是因为卡洛琳。“出去把事情查个清楚”是猫鼬家族的座右铭——这是文学家吉卜林说的。如果卡洛琳长出鬃毛，我们家可就猫鼬成灾了。“出去把事情查个清楚”的前两个字大可忽略，即便卡洛琳安坐家中，消息也能送上门来。她的诀窍我猜不透，但效果一目了然。估计她的智囊团是由村里的各路仆人和小贩们组成的。一旦她出门，目的可就不是打听消息了，而是散播消息。在这方面，她的天赋堪称举世无双。

正因为她这尽人皆知的个性，我才犹犹豫豫，能拖则拖。关于弗拉尔斯太太之死，无论我向卡洛琳透露多少口风，不出一个半小时，整个村子必将传得沸沸扬扬。出于一名医生的职业操守，我自然务求谨慎，所以久而久之就养成了一个习惯：任何消息都对姐姐留一手。虽然她到头来照样能查个一清二楚，但只要过错不在我，我也就心安了。

弗拉尔斯太太的丈夫一年前刚去世，卡洛琳始终坚信他是被妻子下毒害死的，却又拿不出半点真凭实据。

我一再表明，弗拉尔斯先生死于习惯性酗酒引发的急性胃炎，可她总是嗤之以鼻。急性胃炎和砒霜中毒的症状不乏相似之处，这一点我也认同，但卡洛琳另有自己的一套逻辑。

“你只要看看她就知道了。”这是她的原话。

弗拉尔斯太太虽然青春不再，但仍旧风姿绰约，而且她的衣着尽管简单，却总是非常合体。不过话说回来，去巴黎购买时装的女人成千上万，总不见得人人都会毒死丈夫吧。

我在玄关盘桓了许久，思索着这些事。卡洛琳又喊了一声，语调比刚才更尖锐：“你到底在干什么，詹姆斯？

怎么还不来吃早饭？”

“来了来了，亲爱的，”我慌忙答道，“刚才在挂大衣。”

“这段时间够你挂五六件大衣了。”

她说得一点儿没错。

我走进餐厅，照例吻了吻卡洛琳的脸颊，坐下开始吃鸡蛋和熏肉。熏肉已经凉了。

“一大早就出诊呀。”卡洛琳说。

“对，”我回答，“去了‘皇家围场’。弗拉尔斯太太出事了。”

“我知道。”姐姐说。

“你怎么知道的？”

“安妮告诉我的。”

安妮是我们家的客厅女仆，挺不错的女孩，可惜多嘴多舌的积习难改。

沉默了片刻，我继续吃鸡蛋和熏肉。姐姐有一个又长又尖的鼻子，此时她鼻头微微一颤，这个动作一般表示她兴致正浓，或是情绪亢奋。

“然后呢？”她追问道。

“很不幸，我没什么可做的。她肯定是在睡梦中去世的。”

“这我知道。”姐姐又说。

这次我烦躁起来。

“不可能，”我厉声说，“连我也是到了现场才知道的，还没跟任何人提过。要是安妮连这都看得见，她一定是千里眼了。”

“不是安妮，是送奶工。弗拉尔斯家的厨师告诉他的。”

我说什么来着？卡洛琳完全不必外出探听消息，只要坐在家中，情报就纷纷向她飞来。

姐姐又问：“死因是什么？心脏病？”

“难道送奶工没告诉你？”我不无讥讽地反问。

讽刺对卡洛琳是没用的，她把这当成一个认真的问题，老实地回答道：“他也不知道。”

不管怎样，反正卡洛琳早晚都能挖出真相，我不如直接告诉她算了。

“死因是镇静剂服用过量。她近来失眠，一直吃药，大概吃得太多了。”

“胡扯，”卡洛琳立刻反驳，“她是自杀的。信不信由你！”

说来也怪，一旦你心底暗暗坚信的事情被别人戳穿，就难免恼羞成怒、矢口否认。一气之下，一连串话脱口而出。

“你的老毛病又犯了，”我说，“无凭无据就胡乱猜测。弗拉尔斯太太究竟为什么要自杀？一个寡妇，年纪轻轻，又很有钱，身体也不错，只要享受生活就好。她为什么要自杀？荒谬。”

“荒谬。就连你也该注意到，她最近很不正常。六个月以来都这样，简直像被女巫附体了。你刚才不也承认吗，她这段时间总睡不好觉。”

“那你的高见呢？”我冷冷地问，“我猜是一场失败的恋爱？”

姐姐摇了摇头。

“悔恨。”她兴致勃勃地说。

“悔恨？”

“对呀，我早说了，她丈夫是被她毒死的，可你从来都不信。现在我更坚信不疑啦。”

“你这话不合逻辑，”我反击道，“如果一个女人冷血到了胆敢犯下谋杀罪的地步，肯定会心安理得地享受胜利果实，不会那么多愁善感，因为良心谴责而后悔。”

卡洛琳摇摇头。

“那样的女人也许有——但绝对不包括弗拉尔斯太太。她特别容易激动。她是那种根本吃不了苦的人，一时冲动就会把丈夫干掉。毫无疑问，做阿什利·弗拉尔斯这种人的妻子，肯定少不了吃苦——”

我点点头。

“然后她就整日为自己的所作所为担惊受怕。我真同情她。”

依我看，弗拉尔斯太太在世的时候，卡洛琳可从未同情过她。既然她已去了再也不能穿巴黎时装的地方（大概如此吧），卡洛琳的态度也就有所松动，准备施舍一些惋惜和理解了。

我明确告诉她，这些臆测纯属无稽之谈。其实她的观点并非毫无道理，至少我也暗暗赞同其中的一部分。但卡洛琳纯粹是在捕风捉影，只是碰巧遇到了真相，我决不能助长她的气势。要不然她会走遍全村散播那套理论，然后人人都会以为她是从我的诊断结果里得出这种结论的。人生艰难啊。

“胡说八道，”卡洛琳对我的说教不以为然，“走着瞧吧。她十有八九留了封遗书，坦白交代了一切。”

“什么书信都没留下。”我厉声澄清，完全没料到这句话的后果。

“喔！”卡洛琳说，“所以你的确调查过？詹姆斯，看来你内心深处也和我有同感呀。你可真能装。”

“自杀的可能性总不能不考虑。”我强调。

“会举行验尸审讯吗？”

“也许吧，看情况。如果我能够声明自己对误服安眠药过量这一结论完全满意，估计验尸审讯就没必要了。”

“那你到底是不是完全满意？”姐姐精明地追问。

我没答话，起身离开了餐桌。

# 第二章　金斯艾伯特众生相

在继续回顾我和卡洛琳的交谈之前，不妨先简要介绍一下我们这里的风土人情。这个村子名叫金斯艾伯特，想来和其他小村庄情况差不多。附近的大城镇是克兰切斯特，距离我们约九英里。村里有个相当大的火车站，一间小邮局，两家互为竞争对手的“百货商店”。壮劳力们一般年轻时就离乡闯天下，不过村里倒不缺未婚女性和退伍军人。我们的日常爱好和消遣，一言以蔽之，就是“流言飞语”。

金斯艾伯特村只有两座像样的大宅子，一座叫皇家围场，是弗拉尔斯太太从她死去的丈夫那儿继承来的；另一座叫芬利庄园，主人是罗杰·艾克罗伊德。我对艾克罗伊德一直充满好奇，因为他比其他任何一位乡绅都更有乡绅的做派，总让我想起老式音乐喜剧中那种常在第一幕早早登场、满面红光且热衷运动的家伙，在绿意盎然的乡野间，哼着“上伦敦去”的小调。现如今流行的都是针砭时弊的滑稽剧，他这种乡绅形象渐渐淡出音乐剧舞台了。

当然，艾克罗伊德其实并不是乡绅，而是一位卡车轮胎（我猜的）制造商，生意做得很大。他年约半百，面色红润，待人和善，与教区牧师关系很好，经常为教会的活动慷慨解囊（但据说他在个人开销方面异常俭省），还屡屡资助板球比赛、青年俱乐部、伤残军人协会什么的。事实上，他堪称金斯艾伯特这个宁静村庄的灵魂人物。

罗杰·艾克罗伊德年仅二十一岁时，就与一名比他年长五六岁的美貌少妇坠入爱河，共结连理。她姓佩顿，是位寡妇，带了个孩子。这段婚姻短暂而不幸，直截了当的说法就是艾克罗伊德太太嗜酒成性，婚后仅仅四年，就因酗酒而撒手人寰。

此后多年，艾克罗伊德一直无意再娶。太太去世时，她第一次婚姻留下的那个孩子才七岁，今年他二十五岁。艾克罗伊德一直把他当成亲生儿子，悉心抚养成人，但这孩子性情顽劣，没少让继父操心。尽管如此，村民们都很喜欢拉尔夫·佩顿，部分得归功于这小伙子长得一表人才。

我刚才说过，村里人人都爱嚼舌根，所以艾克罗伊德与弗拉尔斯太太的密切往来一开始就被大家看在眼里。弗拉尔斯先生去世后，这段暧昧关系就更加明显了。两人频频出双入对，人们纷纷猜测，等不到服丧期结束，弗拉尔斯太太就要摇身变为罗杰·艾克罗伊德太太了。说来也巧，众所周知，罗杰·艾克罗伊德的前任太太死于贪杯，而阿什利·弗拉尔斯死前也当了好多年酒鬼。两位被酒精夺去配偶的人同病相怜地走到一起，倒也不失为一桩美事。

弗拉尔斯夫妇来村里只有一年多一点时间，但围绕艾克罗伊德的飞短流长早已盛传多年。在拉尔夫·佩顿长大成人的过程中，艾克罗伊德家先后经历过好几位女管家，每一位都被卡洛琳和她那群朋友煞有介事地怀疑过。保守估计，至少在十五年时间里，全村人都坚信艾克罗伊德会娶他的某位女管家为妻。现任女管家拉塞尔小姐是位令人敬畏的女士，稳坐管家之位长达五年，在职时间比她任何一位前任都长一倍有余。大家都觉得，如果没有弗拉尔斯太太插一脚，艾克罗伊德必定逃不出拉塞尔小姐的手心；还有一条小道消息：艾克罗伊德那位守寡的弟媳没打招呼就带着女儿从加拿大跑来了。艾克罗伊德的弟弟没什么出息，塞西尔·艾克罗伊德太太以遗孀的身份在芬利庄园定居。按卡洛琳的说法，她成功地让拉塞尔小姐“安分下来”。

我搞不清楚“安分下来”具体是什么意思——听起来有点令人不快——但我知道，拉塞尔小姐紧抿双唇的神情不啻一种讥笑。她还公开表示极为同情“可怜的艾克罗伊德太太”——“还得靠大伯的施舍过日子，寄人篱下的滋味能好受吗？如果我养活不了自己，那可太惨了。”

不知当艾克罗伊德与弗拉尔斯太太的私情公开化之后，塞西尔·艾克罗伊德太太心中是什么滋味。艾克罗伊德保持独身显然对她比较有利。每次见到弗拉尔斯太太时，她总表现得极为热络，大献殷勤。卡洛琳说那根本不能证明什么。

这就是过去几年来金斯艾伯特村的焦点话题。艾克罗伊德和他的种种绯闻被我们翻来覆去议论得底朝天，弗拉尔斯太太在其中自然也占据一席之地。

然而世事难料，原本大家还在热议送什么结婚礼物最合适，转眼就被卷入突如其来的悲剧之中。

我整理了一遍思绪，按惯例外出巡诊。今天没有需要特别关照的病人，因此我的思路一次又一次回到弗拉尔斯太太突然身亡之谜上。她是自杀吗？当然，如果她确系自杀，一定会留下只言片语交代遗愿吧？按我的经验，女人都渴望站到聚光灯下。如果下决心自尽，通常都会公布将自己推上绝路的原因。

上次和她见面是什么时候？距今天还不到一星期。当时她的举止还算正常，如果考虑到……呃，考虑到所有这些事情。

然后我突然记起昨天还见过她，虽然并未交谈。她当时正与拉尔夫·佩顿走在一起。我很吃惊，因为我完全没料到他会在金斯艾伯特现身，毕竟他之前和继父大吵了一架，几乎有六个月都没在村里露过面。他们一直肩并肩走着，脑袋挨得很近，她很认真地说个没完。

可以说，就是在那个时候，我心头掠过一丝不祥的预感，虽然无迹可寻，但却有某种莫名的征兆隐约浮现。昨天拉尔夫·佩顿与弗拉尔斯太太那交头接耳的热络劲儿令我浑身不舒服。

我正琢磨着，就迎面撞上了罗杰·艾克罗伊德。

“谢泼德！”他高声招呼，“我正要找你，事情太糟了。”

“你也听说了？”

他点点头，看得出来深受打击。他那宽阔红润的脸颊凹陷下去，与平日里健康欢悦的形象完全判若两人。

“比你了解的还要糟，”他平静地说，“谢泼德，我得和你谈谈。现在一起回去怎么样？”

“恐怕不行，我还有三个病人，而且十二点前得赶回去接待外科病号。”

“那就今天下午——不，晚上一起吃饭更好。七点半有空吗？”

“行，我安排一下。怎么了？难道是拉尔夫的事？”

搞不懂我怎会脱口而出——也许因为惹麻烦的总是拉尔夫吧。

艾克罗伊德茫然地盯着我，一副不明就里的模样。我意识到事态严重。艾克罗伊德从来没这么沮丧过。

“拉尔夫？”他莫名其妙地说，“哦！不，不是拉尔夫。拉尔夫在伦敦——该死！甘尼特小姐来了，我可不想和她讨论这么可怕的事。晚上见，谢泼德。七点半。”

我点点头，他便匆匆离去，留下我傻站着，摸不着头脑。拉尔夫在伦敦？可他昨天下午绝对在金斯艾伯特。肯定是昨天晚上或今天清晨又进城去了，而且听艾克罗伊德的口气，他还以为拉尔夫几个月都没回村里了。

没时间深究这一谜团了，因为甘尼特小姐此刻正凑过来探我的口风。甘尼特小姐和卡洛琳简直是一个模子里刻出来的，不过她迅速得出结论的本事就逊色许多，所以不像卡洛琳那样战果辉煌。甘尼特小姐上气不接下气地缠着我问了一堆问题。

可怜的弗拉尔斯太太，真惨哪。很多人都说她吸毒成瘾好几年了。这样嚼舌根别提多恶毒了。不过话说回来，最糟糕的莫过于这些污言秽语中往往难免有那么一丝真相。无风不起浪嘛！他们还说艾克罗伊德先生也察觉了，所以才悔婚——因为他们确实订过婚。甘尼特小姐对此深信不疑。当然，我肯定掌握一切内情——医生的消息最灵通——可他们从没漏过口风对不对？

她一边滔滔不绝地说着，一边用那双咄咄逼人的小眼睛将我对这一番言论的所有反应尽收眼底。所幸和卡洛琳的长期交锋已令我练就一套不动声色、应对自如的功夫，不时无关痛痒地附和几句就是了。

于是我便祝贺甘尼特小姐没有沦为恶意传谣的长舌妇。这招反击可谓干脆利落，一下子令她十分尴尬，等她好不容易回过神来，我早已溜远了。

我心事重重地回到家，发现有好几位病人正等候就诊。

打发完最后一位病人，如我所料，距离午饭还有几分钟时间，可以到花园里沉思一会儿。忽然，我发现还有一位病人在等候，只见她起身走上前来，我呆站着，略感讶异。

这种讶异说不清从何而来，只是拉塞尔小姐那坚如铁石的神情，说明事情恐怕不仅仅是身体不适这么简单。

艾克罗伊德的女管家身材高挑，容貌出众，却有一副拒人于千里之外的姿态。她目光严肃，双唇紧抿。我顿时感到，如果在她手下担任女仆或帮厨女佣，光是听到她的声音，就想逃命了。

“早上好，谢泼德医生，”拉塞尔小姐开口道，“烦劳您看看我的膝盖。”

我帮她瞧了瞧，说实在的，我那会儿头脑还不怎么清醒。拉塞尔小姐所描述的那种“隐隐作痛”毫无说服力可言。要是换了其他不那么正直的女人，我肯定会怀疑她的症状是捏造出来的。一时间我确实起了疑心，拉塞尔小姐也许是故意拿膝盖毛病当借口，来找我刺探弗拉尔斯太太之死的内情，但很快我就发觉错怪她了。她只随口提了提那件事而已。但看样子她的确有意多逗留一阵，和我聊上几句。

“好吧，多谢您给我开了这瓶搽剂，医生，”她最后说，“其实我不太相信它有什么用。”

我也觉得这药没用，不过职责使然，免不了要表示反对。不管怎么说，搽点药总没坏处，何况人总得为自己的饭碗说几句话。

“这些药我通通信不过，”拉塞尔小姐轻蔑的目光扫过架子上那一排药瓶，“是药三分毒，看看那些瘾君子就知道了。”

“呃，说到那方面的话——”

“在上流社会中非常流行。”

我深信拉塞尔小姐对上流社会的了解程度远在我之上，所以不打算和她争辩。

“告诉我，医生，”拉塞尔小姐说，“假如真的染上了毒瘾，有什么方法戒掉吗？”

这种问题可不是随随便便就能答上来的。我简单地讲解了一下，她聚精会神地听着。我依然怀疑她企图打听弗拉尔斯太太的事情。

“那么，就以镇静剂为例——”我接着说道。

奇怪，她似乎对镇静剂兴味索然，反而忽然话锋一转，问我是否有哪种罕见的毒药能够逃过检验。

“啊！”我说，“你最近在读侦探小说。”

她承认确实在读。

“侦探小说里总有稀奇古怪的毒药，”我说，“从南美洲弄来些人们闻所未闻的东西——比如某个离奇的野人部落把药抹在箭头上，瞬间就能置人于死地，连西方的先进科学都无法查验出来。你是指这一类东西吗？”

“对，世上到底有没有呢？”

我遗憾地摇摇头：“恐怕没有。当然，有一种名叫箭毒的毒药。”

我向她详细介绍箭毒的特性，但她似乎又一次失去兴趣。她问我在我的药柜中有没有箭毒，我回答没有，想来这也在她意料之内。

她说她得赶紧回去，我送她到诊所门外，午餐开饭的锣声也响了。

我毫不怀疑拉塞尔小姐是个侦探小说迷，并饶有兴致地在脑子里勾勒出如下场景：她走出管家的房间，将某个失职的女仆斥责一番，然后返身回屋继续津津有味地阅读《第七次死亡之谜》，或是诸如此类的其他小说。

## 第三章　种西葫芦的人

午餐时，我通知卡洛琳自己要去芬利庄园吃晚饭。她不仅没反对，而且还极为赞成。

“妙极了，”她说，“你可以把故事从头听到尾。对了，拉尔夫出了什么事？”

“拉尔夫出事了？”我吃了一惊，“不会吧。”

“那他为什么不回芬利庄园，却待在‘三只野猪’？”

既然卡洛琳声称拉尔夫·佩顿藏身于村里那家小旅馆，那也就够了，我没必要再质疑。

“艾克罗伊德告诉我，拉尔夫还在伦敦。”由于一时过于惊讶，我竟忘了绝不走漏风声这条重要原则。

“哦！”卡洛琳惊呼，鼻尖又习惯性地颤了颤，“他昨天早上入住‘三只野猪’，而且这会儿还在。昨晚他还约了个姑娘一起出去。”

我对此毫不惊讶。拉尔夫可以说几乎天天晚上都和姑娘约会。不过我很纳闷，他怎么跑到金斯艾伯特来找乐子，而不去灯红酒绿的大城市寻欢作乐。

“和他约会的是某个酒吧女招待吗？”我问道。

“不，我只知道他去约会，但不清楚具体对象是谁。”

(让卡洛琳认输可委屈她了。)

“不过我猜到了。”姐姐真可谓不屈不挠。

我耐心地等待下文。

“是他的堂妹。”

“弗洛拉·艾克罗伊德？”我吃了一惊。

当然，弗洛拉·艾克罗伊德事实上和拉尔夫·佩顿没有血缘关系。但多年来人们一直将拉尔夫视为艾克罗伊德的亲生儿子，那么这两人自然也被认为是堂兄妹了。

“就是弗洛拉·艾克罗伊德。”姐姐说。

“但拉尔夫如果想见她，为什么不去芬利庄园？”

“秘密订婚呗，”卡洛琳十分得意，“必须瞒着老艾克罗伊德，所以只能偷偷摸摸见面。”

卡洛琳这套理论可谓破绽百出，但我强忍着没指出来。接着我们话锋一转，对新邻居进行了一番无关痛痒的评头论足。

隔壁那座房子名叫“落叶松”，最近刚搬进一个陌生人。令卡洛琳怒不可遏的是，她根本打听不出此人的任何信息，只知道他是个外国佬。她的智囊团也同样铩羽而归。按理说这个人应该也和别人一样，需要牛奶、蔬菜、里脊肉什么的，偶尔还吃点鳕鱼，但时常给他送货的人似乎都没捕获到什么情报。大家只知道他名叫波罗特先生——这名字有种说不清道不明的不真实感。不过据了解，他喜欢种西葫芦。

但卡洛琳所看重的自然不是这类情报。她想弄清楚波罗特先生从哪里来，做什么工作，结婚了没有，妻子（无论亡故与否）是谁，有没有孩子，他母亲婚前娘家姓什么——诸如此类。能编出护照上那一大串问题的人，估计和卡洛琳心有灵犀。

“亲爱的卡洛琳，”我说，“那个人的职业清清楚楚，是个退休的理发师。他那八字胡就说明一切了。”

卡洛琳不同意，她说如果那家伙是理发师，一定会留一头鬈发，而不是直发。所有理发师都不例外。

我举出几位我认识的理发师为证，他们留的都是直发，但卡洛琳拒不承认。

“这人真是令人捉摸不透。”她满腹委屈地诉说着，“前几天我找他借几件园艺工具，他倒是很客气，但口风特别严实，什么都打听不到。最后我只好直接问他是不是法国人，他说不是——然后我就再也问不下去了。”

我对这位神秘邻居的兴趣不禁又滋长了几分。但凡能让卡洛琳闭嘴、并且能像对付希巴女王[①] 那样让她无功而返的，肯定不是一般人。

① Queen of Sheba，《旧约》中提及的人物。传说中她是阿拉伯半岛的女王，对所罗门王十分仰慕，特意到耶路撒冷拜会，并故意提出不少难题，而聪明绝顶的所罗门王有问必答。

“我相信，”卡洛琳说，“他有一台那种新式的真空吸尘器——”

见她陷入沉思，我就知道她又再度发现登门打探的好机会了，便趁机溜去花园。我向来喜欢摆弄花花草草。正忙着把蒲公英连根拔起时，突然有人高声示警，旋即一个沉甸甸的东西从耳畔飞过，扑通一声重重砸在脚边。居然是个西葫芦！

我气冲冲地抬起头，左侧墙头上探出一张脸。我看到一颗蛋形脑袋，上头点缀着几绺来路不明的黑发，脸上有两撇浓密的八字胡，一对机警的眼珠。这就是我们的神秘邻居，波罗特先生。

他一开口就连声道歉：“真是万分抱歉，先生。我不是有意的。几个月来我一直在种西葫芦，今天早上突然看它们特别不顺眼，打算把它们扔出去转转——哎呀！想着想着就动手了。我摘下一颗最大的，一下子甩过墙头。真不好意思，先生，我实在是太惭愧了。”

都道歉到这份儿上了，也由不得我不消气。无论如何，这可怜的西葫芦并没砸到我。不过我衷心盼望这位新朋友还没养成将大棵蔬菜掷过墙头的癖好，否则他绝不可能成为我们的好邻居。

古里古怪的小矮子好像看穿了我的心思。

“啊！不，”他惊呼道，“不必多虑，我可没这种习惯。但您大可设身处地想一想，先生，辛辛苦苦奋斗大半辈子，好不容易才能享享清福，却发现到头来还惦记着当初奔波劳顿的日子。原本巴不得一脚踹开的那份工作，现在却割舍不下，这该是什么滋味？”

“嗯，”我慢条斯理地答道，“这也是人之常情。就拿我来说吧，一年前偶然继承了一笔遗产，足以帮助我实现梦想——我一直都渴望去旅游，看看外面的世界。哎，那都是一年前的事了，现在嘛——我还留在这儿。”

小矮子邻居点点头：“习惯会束缚人的手脚。我们努力工作只是为了那么一个目标，如愿以偿之后，却又开始怀念日复一日的劳碌生活。不瞒您说，我的工作特别有趣，称得上全世界最有意思的工作。”

“是什么？”那一瞬间我简直被卡洛琳附体。

“研究人的本性，先生！”

“这样啊。”我好声好气地回答。

果然是个退休的理发师。还有谁能比理发师更了解人性的奥秘呢？

“而且我还有个朋友，多年来和我形影不离。他有时愚笨得令人害怕，但却和我非常亲密。告诉您吧，我甚至十分怀念他的傻里傻气、天真纯朴，怀念他那一脸诚实的表情，怀念他在我的过人天赋面前所表现出的那种惊喜交加——我对他的怀念，完全不足以用言语来表达。”

“他去世了？”我万分同情地问道。

“那倒没有，他活得好好的，而且事业发达——不过却在地球的另一边。他定居阿根廷。”

“在阿根廷啊。”我不禁羡慕起来。

我一直都想去南美洲。叹了口气，一抬头发现波罗特先生一脸怜悯地望着我，看样子他还是个善解人意的小矮人。

“您也想去阿根廷吗？”他问道。

我摇摇头，再次叹气。

“一年前原本可以成行，”我说，“但我太傻了——傻得不能再傻——贪心不足，压上全部身家，却都化为泡影。”

“明白了，”波罗特先生说，“你搞投机生意？”

我悲戚地点点头，心中却暗自发笑。这小矮子故作严肃，感觉相当自负。

“难道是博丘派恩油田？”他突然问道。

我瞪大了眼。

“老实说，本来考虑过，但最后都砸给了西澳大利亚的一个金矿。”

新邻居以一种深不可测的奇特神情审视着我。

“这都是命运。”

“什么命运？”我真是气不打一处来。

“命运竟然安排我和一个真把博丘派恩油田、西澳大利亚金矿当回事的人做邻居。告诉我，您该不会也对金发情有独钟吧？”[1]

①波洛的好友黑斯廷斯特别喜欢金色头发的女子，参见《高尔夫球场命案》《人性记录》等作品。

我张大了嘴瞅着他，他却放声大笑。

“不，不，我可没有精神病。别紧张，这个问题是挺蠢的。不瞒你说，刚才我提到的那位朋友是个年轻人，他不仅认为所有女人都天性善良，而且其中大多数都貌美如花。但您已经人到中年了，又是一名医生，而医生对我们生活中的种种荒唐与虚荣必定有深刻理解。好啦，好啦，咱们总归是邻居，还请您务必收下我最好的西葫芦，就当是送给令姐的礼物。”

他弯下腰，沾沾自喜地挑了个特大号的西葫芦递给我，我连忙毕恭毕敬地接过来。

“真的，今天这个早晨可真没虚度，”小矮子兴高采烈地说，“没想到我的好朋友去了天涯海角，结果在这里还能认识和他这么像的人。对了，有件事想请教：毫无疑问您认识这小村庄里所有人。那么，那位乌黑头发、乌黑眼珠、相貌英俊的年轻人是谁？他走路时总仰着头，嘴边挂着从容的微笑。”

经他这么一形容，那答案已经很明显了。

“肯定是拉尔夫 · 佩顿上尉。”我不慌不忙地答道。

“我以前从没见过他啊？”

“对，他好一阵子没到村子里来了。可他是芬利庄园主人艾克罗伊德先生的儿子——准确说来是养子。”

新邻居不耐烦地挥了挥手：“当然，我早该猜到。艾克罗伊德先生多次提起他。”

“您认识艾克罗伊德先生？”我微微有些讶异。

“我和艾克罗伊德先生在伦敦就认识——当时我在那儿工作。我还交代他千万别在这里泄露我的职业。”

“这样啊。”这家伙真会装腔作势，倒把我逗乐了。

不过小矮人脸上仍然挂着做作的傻笑。

“我不图虚名，低调做人就好。村里的人都把我的名字搞错了，我也懒得纠正。”

“那是那是。”我不知该说什么，只好随声附和。

“拉尔夫·佩顿上尉，”波罗特先生若有所思，“他与艾克罗伊德先生那位迷人的侄女弗洛拉小姐订婚了。”

“谁说的？”我大吃一惊。

“是艾克罗伊德先生，大约一周之前吧。这桩婚事让他心满意足——看得出来，他盼着这一天很久了。估计他还向那小伙子施加了不少压力，这可不太明智。年轻人结婚应该出于自身幸福考虑——而不是为了将来可能分到的财产而讨好继父。”

这大大出乎我的意料。真没想到艾克罗伊德竟会对一名理发师推心置腹，甚至和他商谈侄女与养子的婚事。虽然艾克罗伊德历来对下层民众十分慷慨，但他也相当看重自己的尊贵身份。我意识到，波罗特绝不可能是个理发师。

为了掩盖心中的疑惑，我不假思索地脱口而出：“您怎么会注意到拉尔夫·佩顿？就因为他长得英俊？”

“不，不仅如此——虽然他在英国人之中的确堪称百里挑一的美男子，按贵国女性小说家的标准，他够得上希腊天神级别。不，关键在于这小伙子身上有些我看不透的东西。”

他说最后这句话的语气意味深长，我不禁有些纳闷。仿佛他对那小伙子下的结论，是基于某些我并不知晓的内情。我正纳闷的时候，姐姐在屋里大声召唤。

我回到屋里，只见卡洛琳戴着帽子，显然刚从村里回来。她开门见山地说：“我见到了艾克罗伊德先生。”

“是吗？”

“那还用说，我迎面拦住了他。不过他匆匆忙忙，急着赶路。”

这话想必不假，他撞见卡洛琳时的心情，多半和我今天早些时候撞见甘尼特小姐时一样——或许有过之而无不及，毕竟卡洛琳可没那么容易打发。

“我当即就向他打听拉尔夫的情况，他着实吃了一惊，压根儿就不知道那小子已经溜回村里来了。他还说肯定是我搞错了。我！我会搞错！”

“太可笑了，”我点评道，“他早该看透你的本质才对。”

“然后他又告诉我，拉尔夫和弗洛拉已经订婚——”

“我也知道这事了。”我扬扬得意地打断她。

“谁告诉你的？”

“咱们的新邻居。”

卡洛琳明显有些摇摆不定，就像轮盘赌的小球徘徊在两个数字之间一样。随后她总算放弃了吊我胃口的计划。

“我告诉艾克罗伊德先生，拉尔夫住在‘三只野猪’。”

“卡洛琳，”我说，“你难道从来没反省过，你这不分轻重到处传话的毛病会带来多少麻烦吗？”

“胡扯，”姐姐反驳道，“人们有权知道这些事，分享消息是我的天职。艾克罗伊德先生还对我千恩万谢呢。”

“好吧。”我随口应了一声，因为她明摆着还有下文。

“我估计他会直奔‘三只野猪’，但即便如此，他也找不到拉尔夫。”

“找不到？”

“对，因为当我穿过树林回来时——”

“你回家居然还得穿过树林？”我忍不住插嘴。

卡洛琳的脸红了。

“天气这么好，”她大声说，“我想应该四处溜达溜达。这个季节，林子里的秋色多美呀。”

卡洛琳才不会对任何季节的林间景色动心，她一直觉得在树林里走会打湿鞋子，还会有各种各样讨厌的玩意儿掉到脑袋上。不用说，必定是猫鼬的本能将她引进村里的小树林。要想和年轻姑娘说说悄悄话，同时又得避开全村人的视线，在金斯艾伯特附近只有那唯一的选择。而小树林林恰恰毗邻芬利庄园。

“唔，接着说。”我催促道。

“刚才说到我正穿过小树林回家，忽然听见说话声。”

卡洛琳停了下来。

“然后呢？”

“其中一个声音是拉尔夫·佩顿——我立刻就认出来了。另一个是位姑娘，当然，我不是有意要偷听的——”

“当然当然。”我难掩揶揄之意，不过这对卡洛琳纯属无用功。

“只是免不了听到几句而已。那姑娘的话我基本上没听清，然后拉尔夫的答话听起来非常生气。‘亲爱的小姐，’他说，‘你还没意识到那老家伙可能一个子儿也不留给我吗？这几年下来他可是受够我了，不能再火上浇油。我们又很需要钱。只要老家伙一断气，我就腰缠万贯了。虽然别人都觉得他很小气，但他的确富得流油。我可不想让他修改遗嘱。全都包在我身上，你就别瞎操心了。’这都是他的原话，一个字也不差。倒霉就倒霉在我那时不小心踩到一根枯枝什么的，惊动了他们，他们就压低嗓门溜走了。当然，我总不能追上去吧，所以没看到那姑娘是谁。”

“最可恨的就在这儿，”我点评道，“尽管如此，我猜你仍然风风火火地赶往‘三只野猪’，头昏眼花地跑进酒吧要了杯白兰地，顺便打探一下两名女招待是否都当班，对不对？”

“那人不是酒吧女招待，”卡洛琳毫不犹豫地说，“事实上，我几乎完全肯定她就是弗洛拉·艾克罗伊德，只不过——”

“只不过这样说不通。”我同意她的看法。

“可如果不是弗洛拉，又能是谁？”

姐姐连珠炮似的把左邻右舍的未婚女子挨个排查一遍，分析了一大堆正反面理由。

趁她停下来喘气的机会，我嘀咕着要去探视一位病人，拔腿就走。我打算去一趟“三只野猪”，拉尔夫·佩顿很可能已经回去了。

我对拉尔夫非常了解——可以说，我是金斯艾伯特村最了解他的人，因为早在他降生之前，我就认识他母亲，因此许多旁人迷惑不解的情况，我却心知肚明。从某种意义上说，他是基因遗传的牺牲品。虽然并未遗传母亲那种嗜酒如命的脾性，但是他却有些内在的性格缺陷。正如我今早刚认识的朋友所言，他外貌英俊非凡，身高六英尺，体格匀称，举手投足间带着一股运动员的气定神闲；他皮肤黝黑，和母亲一样，拥有一张古铜色的俊美面庞，唇边时时挂着迷人的笑容。拉尔夫·佩顿天生是那种不费吹灰之力便能魅力四射的类型，他奢靡放纵、挥霍无度、目空一切，却又特别招人喜欢，朋友们都对他忠心耿耿。

我能为这孩子做点什么吗？我想应该可以。

在“三只野猪”询问一番后，我得知佩顿上尉刚刚回来。我来到他房门口，没打招呼就进去了。

鉴于之前的所见所闻，我不禁有些担心他会不欢迎我，但显然我多虑了。

“啊，是谢泼德！见到你真高兴。”

他张开双臂迎上前来，笑容如阳光般灿烂。

“在这鬼地方，也只有见了你我才能笑得出来。”

我扬了扬眉毛：“这地方有什么不妥？”

他略有些懊恼地大笑起来：“说来话长，最近特别不顺。医生，请你喝一杯怎么样？”

“谢了，”我说，“那就来一杯。”

他按了按铃，然后一屁股坐进椅子里。

“老实说，”他闷闷不乐地说，“我的处境一团糟，完全不知道接下来该怎么办才好。”

“出什么事了？”我关切地问。

“都怪我那可恶的继父。”

“他干什么了？”

“倒不是他已经干了什么，而是他接下来可能要干什么。”

侍者应铃声的召唤而来，拉尔夫点了酒。那人走后，他在椅子里弓着背，愁眉不展。

“真有那么严重？”我问道。

他点了点头。

“这回我麻烦大了。”他认认真真地说。

他那不同寻常的严肃语气告诉我，他说的是实话。能让拉尔夫如此正经，可见事态严重。

“其实，”他接着说，“我看不到未来的路要怎么走……我甚至愿意拿这条命换一个答案。”

“只要有我能帮上忙的地方——”我吞吞吐吐地说。

但他决绝地摇摇头。“你是个好人，医生，但我不能连累你。一人做事一人当。”

他沉默了片刻，然后语气微微一变。

“没错——一人做事一人当……”

# 第四章　芬利庄园的晚宴

七点半刚过几分，我按响了芬利庄园的门铃。男管家帕克恭恭敬敬地开了门。

夜色宜人，所以我步行前来。刚踏进宽敞的方形前厅，帕克就上前帮我脱下大衣。此时艾克罗伊德的秘书雷蒙德——一个讨人喜欢的年轻人——正好穿过前厅去艾克罗伊德的书房，手里捧着一大摞文件。

“晚上好，医生。您是来赴宴的吗？还是出诊来了？”

他看见了我放在橡木药箱上的那只黑色提包，所以才有此一问。

我解释说有个孕妇临近分娩，随时有可能把我喊去，所以出门时必须做好出诊准备。雷蒙德点点头，继续往前走，然后又扭头招呼我。

“快去客厅吧，您认得路。女士们马上就到，我得先把这些文件交给艾克罗伊德先生，顺便通知他您已经到了。”

刚才雷蒙德一露面帕克就退下了，所以这会儿前厅里只剩我一个人。我对着墙上的大镜子整了整领带，径直走向正对面那扇通往客厅的门。

正要扭动门把手，却听见屋里传出一阵响动——似乎是关窗子的声音。我注意到这一点完全是出于条件反射，当时我丝毫没察觉其中的重要意义。

我推开门走了进去，差点迎面撞上正往外走的拉塞尔小姐。我们都慌忙连声道歉。

我头一次暗暗品评这位女管家，心想她年轻时一定相当漂亮——其实现在也还很漂亮。她满头黑发，不夹杂一根银丝；而且当她飞红了脸的时候，就像现在这样，那冰霜般的严厉神色也就不那么扎眼了。

我下意识地猜测，她可能刚从外头回来，因为她正喘着粗气，好像刚刚奔跑过。

“恐怕我来得早了一点。”我说。

“哦，不，不，已经过七点半了，谢泼德医生。”她停顿了片刻，又说，“我——我不知道您今晚也要来，艾克罗伊德先生没提过。”

我隐隐察觉到，我前来赴宴令她有些不快，但想不通是为什么。

“膝盖好点了吗？”我关切地询问。

“还是老样子，谢谢，医生。我得走了，艾克罗伊德太太马上就下楼。我——我刚才进来只是想看看花摆好了没有。”

她匆匆离开房间。我踱到窗边，寻思着她为何急于找个借口来解释自己在客厅出现的原因。随即我发现落地窗是朝向露台开着的，如果之前稍加留心就会注意到。这么看来，刚才的响声显然就不可能是关窗子了。

我实在无聊，又为了分散注意力、免得那些烦心事纠缠不清，就索性开始猜测刚才那声音究竟从何而来，权当自娱自乐。

壁炉里烧煤的声音？不对，根本不像。关抽屉的声音？不，也不是。

这时一件家具吸引了我的目光，他们管这东西叫银桌。桌面的盖子可以向上敞开，透过玻璃可以看见里面存放的物件。我走到桌旁细细查看，只见其中放了一两件旧银器、一只查理一世穿过的婴儿鞋、几件产自中国的翡翠雕像，还有好些来自非洲的器物古玩。为了更仔细地赏玩一尊翡翠雕像，我掀开桌盖，一不留神它却从指间滑落下去。

刚才那声音又出现了。原来是有人小心翼翼关上这张银桌的盖子。为满足好奇心，我又反复试验了两次，最后才掀开盖子认真研究里头的东西。

我正俯身于敞开的银桌上时，弗洛拉·艾克罗伊德走了进来。

很多人都不喜欢弗洛拉·艾克罗伊德，但又都免不了对她艳羡有加，在朋友面前她更是魅力十足。她给人的第一印象就是那非同凡响的美丽：一头与北欧人相似的浅金色秀发，眼珠碧蓝剔透——恰似挪威峡湾荡漾的碧波，雪白的肌肤中透出玫瑰般的红色；挺拔的双肩、纤巧的腰身充满青春气息，对于我这个早被各种病人弄倒了胃口的男性医生而言，她的健康与活力着实令人精神一振。

单纯直率的英国少女——也许我是个老古董，不过我觉得璞玉也得经过悉心雕琢才能光彩夺目。

弗洛拉走到银桌旁和我一起观赏，并对查理一世是否真的穿过那只鞋持有异议。

“不管怎样，”弗洛拉小姐继续说道，“只因为这东西被某某人穿过或者用过，就小题大做，变成了不起的宝贝，真是无聊。反正他们现在不穿也不用这些东西了。那支乔治·艾略特写《弗洛斯河上的磨坊》时[①]用的笔——诸如此类——哎，不就是一支笔吗？如果你真的喜欢乔治·艾略特，倒不如去买本《弗洛斯河上的磨坊》的平装本来研读一下。”

“想必你从来不读这些过时的东西吧，弗洛拉小姐？”

“您错了，谢泼德医生，《弗洛斯河上的磨坊》是我的心头至爱呀。”

这倒令我欣喜不已。这年头居然还有年轻姑娘爱读这类书，而且毫不讳言自己的喜好，颇在我意料之外。

---

①乔治·艾略特（George Eliot，1819—1880），英国著名诗人，《弗洛斯河上的磨坊》（*The Mill on the Floss*）是她的代表作之一。

“您还没向我贺喜呢，谢泼德医生，”弗洛拉说，“难道您还没听说吗？”

她伸出左手，中指上赫然戴着一枚戒指，上头镶嵌了一颗名贵珍珠。

“我就要和拉尔夫结婚啦，”她说，“伯父高兴得很，这样一来就亲上加亲了。”

我忙握住她的双手。“亲爱的，祝你幸福。”

“我们订婚差不多一个月了，”弗洛拉平静地说，“不过直到昨天才公开宣布。伯父准备把十字岩那幢房子修缮一下，送给我们当新房。我们打算装模作样地干点农活，但其实已经计划好整个冬天都出去打猎，进城过节，然后乘游艇旅行去。我热爱大海。还有，当然，我对教区的慈善事业很有兴趣，每次‘慈母会’的活动我都参加。”

这时艾克罗伊德太太急匆匆地走了进来，忙不迭地为自己的迟到而道歉。

遗憾的是，我对艾克罗伊德太太这个人相当反感。她浑身上下珠光宝气，人又瘦得皮包骨头，总之是个很讨人嫌的妇人。那双小眼睛里盛着冷酷的浅蓝色，无论她口头上多么热络，双目中都依然透露出冷若冰霜、城府甚深的神态。

我朝她走去，将弗洛拉独自留在窗边。她伸出一只瘦骨嶙峋、戴满戒指的手让我搀着，接着就喋喋不休地打开了话匣子。

——听说弗洛拉订婚的消息了吗？各方面都很门当户对。两个年轻人一见钟情，真是天生一对，他那么黝黑，她又那么白净。

“真不知该怎么形容，谢泼德医生，我这个做母亲的总算放下心来。”

艾克罗伊德太太叹了口气——在为自己的慈母爱心高唱颂歌的同时，那双眼睛依然精明地打量着我。

“有件事真是羞于启齿。您和亲爱的罗杰也是多年老交情了，我们都知道，他非常倚重您的判断力。换了我就不好办了——作为可怜的塞西尔的遗孀，我的身份很尴尬。但还有很多烦心事——财产的分配之类的，您也明白。我百分之百相信，罗杰准备把家产留给亲爱的弗洛拉，不过，如您所知，他对钱的态度有那么一丁点儿特别。我听说，做生意的大老板们差不多都这样。不知您能否在这问题上开导开导他？弗洛拉对您很有好感，我们都把您当作老朋友，虽然咱们真正结识的时间也才两年多一点儿。”

客厅的门又开了，艾克罗伊德太太只好收住长篇大论。我可算松了口气，因为我最讨厌干预别人的家务事，更何况我压根儿就不准备为了弗洛拉的继承问题去艾克罗伊德耳边吹风。要不是有人及时进来，只怕我又得费一番口舌向艾克罗伊德太太解释。

“您认识布兰特少校吗，医生？”

“当然认识。”我答道。

好多人都认识赫克托·布兰特——最起码也听过他的大名。据我所知，即便在常人无法涉足的地区，他的狩猎成果也异常丰硕。一提起他的名字，人们就会说：“布兰特——你该不会是说那位狩猎大王吧？”

他和艾克罗伊德之间的友情始终令我不解。这两人个性迥异，赫克托·布兰特比艾克罗伊德年轻五岁左右，两人早年间就已结为好友，虽然后来各奔前程，友谊却从来不曾消减分毫。差不多每隔两年，布兰特就会来芬利庄园住上两星期。每当你踏入庄园大宅前门，就会迎面看到一只虎视眈眈的巨大兽头，四周还环绕着数目惊人的犀牛角，那是他们友情的永恒见证。

布兰特迈着他那独特、从容、轻柔的步子走进房里。他中等身材，壮硕结实，红褐色的脸庞，面无表情，形容古怪，那双灰眼睛似乎总在眺望远方。他寡言少语，即便偶然开口也是结结巴巴，仿佛那些话是心不甘情不愿地从嘴里硬挤出来的。

“你好啊，谢泼德。”他以惯常的唐突口吻和我打了个招呼，然后就径直站到壁炉前，目光越过我们的头顶，俨然是在观赏远在廷巴克图[①] 发生的某件趣事。

“布兰特少校，”弗洛拉说，“讲讲那些非洲趣闻吧，

①廷巴克图（Timbuctoo），位于西非尼日尔河地区，历史悠久的古城。

你一定无所不知。”

据说赫克托·布兰特十分厌恶女人，但我却注意到，他欣然走到弗洛拉身旁，两人一起俯身观赏银桌里的收藏品。

我担心艾克罗伊德太太又要重提财产分配的话茬儿，便急忙将话题扯到香豌豆的新品种上。我刚从今早的《每日邮报》上了解到一个香豌豆新品种。艾克罗伊德太太对园艺一窍不通，但偏偏爱装出一副对每日热点话题了如指掌的姿态，而且她也是《每日邮报》的读者。于是我们自作聪明地相谈甚欢，直到艾克罗伊德和他的秘书也加入进来。不一会儿，帕克来通报晚餐已经备妥了。

用餐时，我坐在艾克罗伊德太太和弗洛拉之间，布兰特坐在艾克罗伊德太太另一边，挨着他的则是杰弗里·雷蒙德。

晚宴的气氛并不欢快，艾克罗伊德明显心事重重，形容憔悴，几乎什么都没吃。艾克罗伊德太太、雷蒙德和我三人好歹还维持着谈话氛围；弗洛拉似乎受到伯父的感染，情绪也很低落；布兰特则一如既往地沉默。

刚散席，艾克罗伊德就伸手挽住我，拉我去书房。

“咖啡送来后就没人碍事了，”他解释道，“我已经吩咐雷蒙德，不让任何人来打扰。”

我暗中仔细打量一番，他显然正处于异常亢奋的状态，在屋里来来回回溜达了几分钟。然后帕克捧着托盘送来咖啡，他才坐进壁炉前那把扶手椅。

书房里的环境十分舒适：占据整面墙的书架、宽大的深蓝色皮椅；窗前有张大书桌，桌面上整整齐齐摞着分类归档的文件，另外一张圆桌上放着各种杂志和体育报纸。

“最近我的老毛病又发作了，一吃东西就疼，”艾克罗伊德边喝咖啡边平静地说，“那些药片你得多给我开一点。”

他急于给这番对话披上一层询医问药的外衣，我有点吃惊，但也配合着演戏。

“我早就猜到了，所以随身带了些来。”

“想得真周到，快给我。”

“药在大厅那只皮包里，我这就去拿。”

艾克罗伊德伸手阻止我。“你不必亲自去，让帕克代劳就行。帕克，去把医生的包拿过来。”

“好的，先生。”

帕克退下了，我正要开口，艾克罗伊德就举起手。

“不急，等等再说。难道你看不出我紧张得快撑不住了吗？”

其实我早就看在眼里，而且我也坐立不安，千万种不祥的预感袭上心来。

旋即艾克罗伊德又发话了。

“你去看看，窗户关紧了吗？”他问道。

我微感诧异，起身来到窗边。这不是落地窗，只是一扇普通的格子窗而已。厚厚的蓝色天鹅绒窗帘拉得严严实实，但窗子上部敞开着。

我正查看窗户时，帕克拿着我的包又进来了。

“都关好了。”我边说边从窗帘后走出来。

“也已经闩上了吧？”

“是啊，是啊。你怎么了，艾克罗伊德？”

帕克刚刚关上门出去了，否则我不会这么问。

艾克罗伊德稍过片刻才回答。

“我要完蛋了，”半晌，他缓缓说道，“不，不必拿那些该死的药片。刚才我只是故意说给帕克听的。仆人们的好奇心很重。过来坐下。门也已经关紧了？”

“嗯，没人偷听，别紧张。”

“谢泼德，没人知道我这二十四小时是怎么熬过来的。即便目睹自家房子坍塌成废墟，也比不上我所受的打击。压垮我的最后一根稻草，就是拉尔夫干的好事。不过暂且不谈这个，我说的是另一件事——另一件——真不知该怎么办，而且我必须立即下定决心。”

“出什么问题了？”

艾克罗伊德沉默了一会儿，很奇怪，他似乎又有些难以启齿。当他终于开口时，抛过来的问题却令我无比震惊。我完完全全没料到他会提起这件事。

“谢泼德，阿什利·弗拉尔斯最后发病时是你去照料的，对吗？”

“没错，是我。”

下一个问题他更加吞吞吐吐。

“你可曾怀疑过——脑海中有没有闪过这样的念头——那个——哎，他会不会是被人毒死的？”

我一时说不出话来。随即我就想好了答案，毕竟罗杰·艾克罗伊德和卡洛琳不一样。

“不瞒你说，”我说，“当时我并没起疑心，但自从——唔，也就是我姐姐随口说了几句，才令我滋生了那种念头，随后再也甩不掉。可是，请注意，我的怀疑并没有任何真凭实据。”

“那么他确实是被毒死的。”艾克罗伊德说。

他的语气异常凝重。

“谁干的？”我厉声追问。

“他妻子。”

“你怎么知道？”

“她亲口向我坦白的。”

“什么时候？”

“昨天！上帝呀，就在昨天！仿佛已经过了十年。”

我等了一阵，然后他又接着说道：“你要知道，谢泼德，我是偷偷告诉你这个秘密的。我不打算采取任何行动，我想先听听你的意见——这千斤重担我一人可挑不起来。刚才说过，我完全不知该怎么办。”

“你就不能从头到尾说清楚吗？”我说，“我还一头雾水呢。弗拉尔斯太太怎会跑来向你认罪？”

“是这样，三个月前我向弗拉尔斯太太求婚，她拒绝了。后来我再三请求，她总算答应，但却要求我严密封锁订婚的消息，直到她服丧满一年为止。昨天我登门拜访，提醒说她丈夫去世已经一年又三个星期了，我们公开订婚的消息应该不存在障碍才对。之前一段时间以来，我已察觉她的举止相当怪异，然后她突然毫无征兆地彻底崩溃，她——她把一切都抖搂出来了。她恨透了畜生一样的丈夫，渐渐爱上了我，于是——于是就铤而走险，采用了最可怕的手段。毒药！我的天，这是冷血的谋杀啊！”

憎恶与恐惧在艾克罗伊德脸上交织闪现，弗拉尔斯太太当时一定也看在眼里。艾克罗伊德并不是那种可以为爱原谅一切的情圣，他本质上还是位安分守己的好公民。内心深处的理智以及对法律的敬畏之心，使得在真相揭晓的刹那间，他对弗拉尔斯太太深恶痛绝。

“不错，”他继续说道，声音低沉，不带一丝感情，“她原原本本地坦白了。看样子有人从头到尾洞悉内情——这家伙向她敲诈了很多很多钱。她快被逼疯了。”

“那个男人是谁？”

我的眼前突然浮现出拉尔夫·佩顿和弗拉尔斯太太肩并肩走在一块儿的景象。两人的脑袋还挨得很近。一阵焦虑顿时涌上心来，难道——唔，绝不可能！我记起就在今天下午，拉尔夫还大大咧咧地和我打招呼。荒谬！

“她不肯说出那人的姓名，”艾克罗伊德慢腾腾地说，

“其实，她也没明确说这人就是个男的。不过当然了——”

“当然了，”我附和道，“肯定是个男人。你没有任何怀疑的对象吗？”

艾克罗伊德呻吟了一声，双手抱头。

“不可能，”他说，“哪怕往那方面稍微一想我都要发疯。不，我决不会把那一闪而过的念头告诉你。从她话里话外，我察觉到这个神秘人物说不定就在我家里——但这是不可能的，我肯定误解了她的意思。”

“你都对她说什么了？”我问。

“还能说什么？当然，我的惊慌她也看在眼里。然后问题就来了：我该怎么应对？你发觉没有，这样一来我就成了事后同谋。依我看，她比我更早一步就想到了这一层。哎，我当时慌了手脚。她要我给她二十四个小时——还要我保证在这段时间内不采取任何行动。而且她坚决拒绝透露敲诈她的那个恶棍究竟是谁。估计她怕我一怒之下直接去找那人算账，闹得不可收拾。她还说二十四小时后一定给我消息。老天哪！我发誓，谢泼德，我真想不到她会干这种傻事。自杀！是我逼她走上绝路的。”

“不，不，”我连忙劝道，“别钻牛角尖，她的死不该由你负责。”

“问题是，我现在该怎么办？那可怜的女人已经死了，就别再翻她下毒的旧账了。”

“同意。”我说。

“可另一方面，我怎样才能揪出那个逼得她走投无路的无赖？那家伙干的勾当和亲手杀害她根本没区别。他知道她的罪行，并像吸血鬼一样牢牢缠住她不放。她已经受到了惩罚，难道他就可以逍遥法外？”

“我明白了，”我缓缓答道，“你想把这个人查出来？那么很多事情就不得不摆到台面上来了。”

“嗯，这我也考虑过，在心里反复权衡了很多遍。”

“那个恶棍罪有应得，我同意。但你也得掂量掂量即将为此付出的代价。”

艾克罗伊德起身来回走了一阵，又坐回扶手椅中。

“这样吧，谢泼德，我们暂时按兵不动。如果她没留下什么遗言的话，这事就这么算了。”

“你说她留了遗言，是什么意思？”我大为好奇。

“我有种强烈的预感，她肯定在某个地方或者用某种方式传达了什么信息给我——在她自杀之前。我也说不清楚，总之一定有。”

我不禁连连摇头：“她没给你留封信？或者什么口信之类的？”

“谢泼德，我相信她肯定留过了，而且，我总觉得她选择轻生是经过深思熟虑的。她想让整件事大白于天下，目的就是向逼她走上绝路的那个人复仇。我相信，如果当时能再见她一面，她一定会把那人的姓名告诉我，托我替她讨回公道。”他看了我一眼，“你不相信直觉吗？”

“哦，从某种意义上说，算是相信吧。依你的意思，如果她留下遗言——”

我收住话头。门悄无声息地开了，帕克捧着个托盘走进来，托盘上放着几封信。

“这是晚班邮件，先生。”他把托盘递给艾克罗伊德。

然后他收拾好咖啡杯，退出门去。

我的注意力分散了片刻，又聚集到艾克罗伊德身上。他如同石化般死死盯住一个蓝色长信封，其他信件都滑落到地板上了。

“是她的笔迹，”他喃喃低语，“她肯定昨晚出门寄这封信，然后——然后就——”

他撕开信封，抽出厚厚一沓信纸，忽然又抬起头。

“你确定窗户都关好了？”他问道。

“百分之百确定，”我愕然道，“怎么啦？”

“整晚都有种很奇怪的感觉，似乎有人在盯着我，窥视我。那是什么——”

他突然转过身去，我也一样，两人仿佛都隐约听到了门闩的轻微响动。我走过去打开门，外面空无一人。

“神经过敏。”艾克罗伊德自言自语道。

他展开这沓厚厚的信纸，压低嗓门读了起来。

亲爱的，我最亲爱的罗杰——一命抵一命，这我明白——今天下午你的表情我看得一清二楚。所以我面前只有一条路可走。那个让我最后一年在地狱饱受煎熬的人，就由你去惩罚他好了。今天下午我不愿说出那个名字，但此刻我准备用笔来告诉你。我没有孩子，没有近亲，连累不了任何人，所以你大可放心公开一切。罗杰，我最亲爱的罗杰，如果可以的话，请原谅我之前想拖你下水，只是事到临头，我终究还是于心不忍……

艾克罗伊德停下翻了翻信纸。

“谢泼德，抱歉，后面不能读给你听，”他踌躇不决地说，“这信是写给我的，只能由我一个人看。”

他把信纸塞进信封，放在桌上。“待会儿我独处时再看。”

“不，”我脱口而出，“现在就读。”

艾克罗伊德惊奇地瞪着我。

“不好意思，”我脸红了，“我不是叫你读给我听，而是想让你趁我还在这儿的时候就把信看完。”

艾克罗伊德摇头：“不，我想再等一等。”

可是出于某种原因，某种我自己也说不清道不明的原因，我依然一个劲儿地催他读下去。

“至少读到那家伙的名字现形为止。”我说。

艾克罗伊德性子很倔，你越催他做什么事，他越不肯照办。我催了半天还是白费力气。

信是八点四十分送进来的。而当我八点五十分离开他的时候，那封信仍然没读完。我的手搭在门把上，彷徨不定，回头望了望，寻思着是否还有什么事情没处理。我想不出来了，于是摇摇头，走出房间，随手把门关上。

刚出门便发现帕克就站在身旁，把我吓了一大跳。他一脸尴尬，我顿时发觉，他很可能一直在门外偷听刚才的谈话。

这人肥胖的脸上泛着油光，一副自鸣得意的样子，诡诈奸狡的神色明白无误地在眼珠子里游来荡去。

“艾克罗伊德先生不想被任何人打扰，”我冷冷说道，“是他交代我吩咐你的。”

“是这样，先生，我——我昏了头，误以为有人按铃。”

他明摆着是撒谎，我也懒得揭穿。帕克送我到前厅，帮我穿上大衣，我便信步离开，融入屋外的夜幕之中。月亮躲进云层，大地漆黑一片，万籁俱寂。

跨出庄园大门时，村里教堂的钟正好敲了九下。我往左拐朝村里走去，险些与一个迎面而来的男人撞个满怀。

“这条路是去芬利庄园的吧，先生？”这陌生人嗓音沙哑。

我瞥了他一眼。他的帽檐压得很低，衣领又高高竖起，根本看不清模样，但感觉是个年轻人。他的口气略显粗野，似乎不太有教养。

“庄园大门就在这儿。”我说。

“多谢，先生。”他稍停片刻，又画蛇添足地补了一句，“我对这个地方陌生得很，唉。”

他继续前行，我转身目送他走进大门。

奇怪的是他的声音听着有点耳熟，依稀令我联想到某个认识的人，可一时又摸不清是谁。

十分钟后我到家了。卡洛琳好奇心大起，迫不及待追问我怎会这么早就回家。我信口编了些无伤大雅的晚宴逸事来搪塞她，心中暗自忐忑，唯恐被她看穿这点小伎俩。

十点钟的时候我站起身打了个哈欠，说要去睡觉，卡洛琳默许了。

这天是星期五，每个星期五晚上我都要给钟上发条。我上发条的时候，卡洛琳去检查厨房，见仆人们已把门锁好，十分满意。

我们上楼时已经十点十五分了。刚到楼上，楼下大厅里的电话铃声就猛响起来。

“是贝茨太太。”卡洛琳反应很快。

“我想也是。”我懊恼地说。

我跑下楼梯，拎起话筒。

“什么？”我惊呼，“你说什么？当然，我马上就来。”

我冲上楼，一把抓起提包，往里面塞了些包扎伤口的绷带和药品。

“是帕克从芬利庄园打来的电话，”我对卡洛琳喊道，“他们刚刚发现罗杰·艾克罗伊德被谋杀了。”

# 第五章　谋杀

我匆忙驾车离家，疾速驶向芬利庄园。没等车停稳我就跳下来，火急火燎地去按门铃。半天没人应门，我又按了两下。

然后门链咔啦作响，帕克出现在门口，依然是那副无动于衷的神色。

我一把推开他，冲进前厅。

“他在哪里？”我厉声质问。

“您说什么，先生？”

“你的主人啊，艾克罗伊德先生。别傻站着干瞪眼，老兄，通知警方了吗？”

“警方，先生？你是指警察吗？”帕克像见了鬼似的瞪着我。

“你搞什么名堂，帕克？如果真像你说的，你家主人被谋杀——”

帕克大口喘着气。

“我家主人？被谋杀？这不可能，先生！”

这回轮到我干瞪眼了。

“刚才不就是你给我打电话的吗？不到五分钟之前，说发现艾克罗伊德被谋杀了。”

“我，先生？哦！没这回事，先生。我做梦也不会打这种电话。”

“难道是恶作剧？艾克罗伊德先生安然无恙？”

“不好意思，先生，打电话的人是用我的名字吗？”

“我可以一字不漏地复述一遍。‘是谢泼德医生吗？我是帕克，芬利庄园的管家。能否请您马上赶过来，先生，艾克罗伊德先生被谋杀了。’”

帕克和我面面相觑。

“开这种玩笑的人也太缺德了，先生，”好半天，他才惊讶万分地说，“居然说这些胡话。”

“艾克罗伊德先生呢？”我突然问道。

“我猜还在书房里，先生。女士们都睡下了，布兰特少校和雷蒙德先生在台球室。”

“我还是过去看看为好。”我说，“我知道他不想让人再去打扰，但这出恶作剧太古怪，搅得我坐立不安。只有确定他没事我才能安心。”

“说得也对，先生。我自己也有点不放心。如果不介意的话，我也一起去书房——”

“没关系，”我哪里还顾得了那么多，“快走吧。”

我穿过右侧那扇门，帕克紧随在后，途经一段窄小的门廊，旁边有一座小楼梯通往艾克罗伊德的卧室。我敲了敲书房的门。

没有回应。我转动门把手，但门已锁上了。

“让我来，先生。”帕克说。

帕克单膝跪地，一只眼睛凑到锁孔上朝里窥视，就他的身材而言，这一系列动作可谓相当利落。

“钥匙好好地插在锁孔里，先生，”他站起身来，“是从里面锁上的。艾克罗伊德先生肯定是把自己锁在屋里睡着了。”

我也俯身瞄了一眼，证明帕克说得没错。

“看来没什么不对劲。”我松了口气，“不过话说回来，帕克，还是得把你家主人叫醒。除非他亲口证实自己平安，否则我还是不能放心回去。”

我边说边摇动着门把手，大声喊：“艾克罗伊德，艾克罗伊德，就打搅你一分钟！”

可屋里依然毫无动静。我回头看了看。

“我不想惊动家里的人。”我有些犹豫。

帕克走过去把刚才我们进来的那扇通往大厅的门关上了。

“现在应该没人听得见了，先生。台球室在屋子另一头，餐厅和女士们的卧室也一样。”

我领会了他的意思，点点头，接着就使劲猛捶门，又弯下腰冲着锁孔大吼：“艾克罗伊德，艾克罗伊德！我是谢泼德，快让我进去！”

但屋里依然死一般寂静。紧锁的房门后完全不像有活人在内。帕克和我对视一眼。

“听着，帕克，”我说，“我准备把门撞开——准确说是我们俩一起把门撞开。一切后果由我承担。”

“您不是在开玩笑吧，先生。”帕克疑虑重重。

“我是认真的。我非常放心不下艾克罗伊德先生。”

我环视逼仄的门廊，搬起一把沉重的橡木椅子。帕克和我一左一右端起椅子对准门锁撞去。一次，两次，第三次终于撞开了，我们俩踉跄着冲进房内。

艾克罗伊德还和我临走时一样，坐在壁炉前那把扶手椅中。他的脑袋歪到一旁，就在他外套的衣领下，一柄锃亮的剑寒光闪闪。

帕克和我走到那具斜倚着的尸体旁。男管家倒吸一口凉气，挤出一声尖厉的惊呼。

“是从背后刺进去的，”他自言自语道，“太可怕了！”

他掏出手帕擦去额头上的汗水，战战兢兢地把手伸向剑柄。

“千万别碰，”我赶忙阻止，“立刻去给警察局打电话，将这里的情况告诉他们，然后通知雷蒙德先生和布兰特少校。”

“都听您的，先生。”

帕克匆匆离去，不停擦拭脑门上源源不断冒出的冷汗。

我做了点非做不可的小事。我小心翼翼地不去挪动尸体的位置，也丝毫没碰那柄短剑。要不然就什么线索都没有了。艾克罗伊德显然刚死去不久。

然后门外传来年轻的雷蒙德那掺杂了恐惧、惊慌与疑惑的声音。

“你说什么？不可能！医生在哪里？”

他焦躁万分地出现在门口，然后僵立当场，脸色惨白。赫克托·布兰特将他推到一旁，走进屋来。

“上帝呀！”雷蒙德在布兰特身后说，“看来是真的了。”

布兰特径直走到扶手椅旁，俯身查看尸体。我以为他也会和帕克一样伸手去碰剑柄，连忙将他拽到一边。

“什么也不许碰，”我解释说，“要保留现场原状，直到警察赶来为止。”

布兰特恍然大悟，点了点头。他神色依然平静，但在那冷静木然的面具下，他的心绪似乎正急遽起伏。杰弗里·雷蒙德也走到我们旁边，从布兰特肩膀后面探头瞅了瞅尸体。

“太恐怖了。”他低声说。

他已恢复镇定，但摘下常戴的夹鼻眼镜擦拭时，手却哆嗦个不停。

“我看是小偷干的。”他说，“那家伙怎么进来的？从窗户吗？有没有什么东西被盗？”

他朝书桌走去。

“你认为有小偷进来？”我缓缓问道。

“不然还能怎样？总不会是自杀吧？”

“没人能用那种方式自杀，”我斩钉截铁地答道，“这无疑是谋杀。但动机是什么？”

“罗杰在世上根本没有仇人，”布兰特平静地说，“一定是小偷干的。但这个贼想找什么？好像什么都没弄乱啊？”

他环视房间，雷蒙德仍然在整理书桌上的文件。

“似乎没丢任何东西，抽屉也没有被翻过的痕迹，”秘书最后说，“真不可思议。”

布兰特的脑袋微微一晃。

“地上有几封信。”他说。

我低头一看，那三四封信还在今晚早些时候滑落的地方。

但弗拉尔斯太太那只蓝色信封却不翼而飞了。没等我开口，就听见门铃声大作，前厅一片嘈杂，旋即，帕克领着本地的警督和一名警员进来了。

“晚上好，先生们，”警督说，“节哀顺变！真遗憾，艾克罗伊德先生这么好的人。管家说是谋杀，那么医生，不存在意外或自杀的可能性了吗？”

“绝不可能。”我说。

“啊！真叫人头痛。”

他走上前看了看尸体。

“动过吗？”他严厉地质问。

“在确认他已经断气之后——这一看就知道——我就再没让人碰过尸体。”

“啊！而指向凶手的一切线索眼下都无影无踪了，起码目前来看是这样的。那么，请诸位陈述一下案发经过。发现尸体的是谁？”

我将前因后果详细叙述了一遍。

“你接到电话通知？管家打给你的？”

“我根本就没打过那个电话，”帕克急忙辩白，“我整晚甚至都没走近电话一步。其他人也能帮我做证。”

“那就怪了。电话里的声音听上去像是帕克吗，医生？”

“唔……这我倒没注意。哎，我想当然就认定是他。”

“那倒也合情合理。嗯，然后你就赶来，破门而入，发现可怜的艾克罗伊德先生已经成这样了。依你判断，医生，他死了多长时间？”

“至少半小时——或许更久一些。”我说。

“门是从里面锁上的？窗户呢？”

“今晚早些时候，按艾克罗伊德先生的吩咐，我亲手把窗户关上并闩好了。”

警督大步走到窗前，一把拉开窗帘。

“唔，但现在窗户开着。”他说。

千真万确，窗户敞开着，下半部分的窗格被拉到最高处。

警督拿出手电筒沿着外面的窗台照了一圈。

“他就是从这里出去的，”他下了结论，“也是从这里进来的。来看这儿。”

在手电筒的亮光下，几个清晰的鞋印无所遁形。这些鞋印像是那种有橡胶鞋钉的鞋子留下的，其中有个特别明显的鞋印方向朝内，另一个和它稍有部分重叠，方向朝外。

“一目了然。”警督说道，“丢了什么贵重物品吗？”

杰弗里·雷蒙德摇摇头。

“目前为止还没发现。艾克罗伊德先生从不把特别贵重的物品放在这间屋子里。”

“嗯，”警督说，“这家伙发现窗户开着，就爬了进来，看见艾克罗伊德先生坐在那里——想必是睡着了。凶手从背后将他刺杀，一时也慌了手脚，赶紧逃走。但他却留下了相当清晰的鞋印。我们不费吹灰之力就能逮住他。有没有可疑的陌生人在这一带出没？”

“啊！”我突然喊了出来。

“怎么回事，医生？”

“今晚我碰到一个人——就在我走出庄园大门的时候。他问我去芬利庄园该怎么走。”

“当时大概几点？”

“九点整。我出大门时恰巧听到教堂报时的钟敲了九下。”

“能描述一下他的模样吗？”

我竭尽所能把当时的情形复述一遍。

警督转向男管家：“有人接待过符合这些描述的人吗？”

“没有，长官。今晚没有任何生人来访。”

“那后门呢？”

“我想也没有，长官，不过我可以再去问问。”

他正往门口走，却被警督拉住。

“不必了，多谢。我自己会去查。但首先我想把时间再摸得精确一点。最后有人看到活着的艾克罗伊德是在什么时候？”

“最后看见他的人估计是我，”我答道，“我离开的时间是——我想想——大约八点五十分。他说不想让人打扰，我就按原话吩咐了帕克。”

“的确如此，先生。”帕克毕恭毕敬地说。

“艾克罗伊德先生九点半的时候肯定还活着，”雷蒙德插嘴，“因为我听到他在这屋里说话。”

“当时和他谈话的是什么人？”

“那就不清楚了。我还以为和他在一起的是谢泼德医生。我本想就处理一份文件时遇到的问题征求他的意见，但一听到说话声我就想起来，他之前说过要和谢泼德医生密谈，不许别人打搅。但现在看来，那时候医生早已离开了。”

我点点头。

“我九点十五分到家，”我说，“之后再也没出门，直至接到那通电话。”

“九点半和他在一起的到底是谁？”警督质问道，“该不是你吧，这位是——”

“布兰特少校。”我连忙介绍。

“赫克托·布兰特少校？”警督的语气中顿时渗入一丝敬畏。

布兰特只是微微颔首以示肯定。

“我们好像以前在哪儿见过面，先生，”警督说，“当时我还没认出你，不过你和艾克罗伊德先生一起，好像是一年前，去年五月。”

“六月。”布兰特纠正道。

“对，是六月。那么，言归正传，今晚九点半和艾克罗伊德先生待在一起的不是你？”

布兰特摇摇头。

“晚饭后就没见过他。”他主动补充。

警督再次转向雷蒙德。

“你有没有听到他们都谈了些什么？”

“断断续续听见几句，”秘书答道，“而且，因为我原以为和艾克罗伊德先生交谈的是谢泼德医生，所以觉得那些话听起来特别奇怪，具体内容我还记得很清楚。艾克罗伊德先生说：‘近来你伸手要钱的次数未免过于频繁，’他的原话正是如此，‘因此我不可能继续满足你的要求……’然后我马上离开了，所以没听到下文。但我确实莫名其妙，因为谢泼德医生——”

“——并没向艾克罗伊德借钱，也没有替别人借钱。”我把他没说完的话给补上了。

“因财起意，”警督沉吟道，“也许这是一条非常重要的线索。”他转身对男管家说，“帕克，你今晚没让任何人从前门进来？”

“的确如此，先生。”

“那么基本可以肯定，是艾克罗伊德先生自己放这个陌生人进来的。可我不明白——”

警督怔怔出了一会儿神。

“目前可以确认的是，”他从冥想状态中恢复过来，“艾克罗伊德先生九点半时还活得好好的，那也是有人能证明他还健在的最后时间点。”

帕克略带歉意地咳嗽一声，警督马上就将视线投向他。

“你想说什么？”他厉声问道。

“恕我直言，先生，后来弗洛拉小姐还和他见过面。”

“弗洛拉小姐？”

“是的，长官。大约九点四十五分。然后她还告诉我，今晚别再去打扰艾克罗伊德先生。”

“是艾克罗伊德先生让她传话给你的？”

“不完全是，长官。我用托盘端着汽水和威士忌过来时，弗洛拉小姐刚好从这间书房出来，她拦住我，说是她伯父不想让人进去打扰。”

如此一来，警督对男管家的关注度明显骤增。

“不是早就有人告诫过你，艾克罗伊德先生不希望被打搅的吗？”

帕克顿时张口结舌，两手直哆嗦。

“是的，长官。对，对，长官。完全正确，长官。”

“但你却没遵守命令？”

“我忘记了，长官。其实我的意思是，长官，我平常总在那个时间送威士忌和汽水到书房，然后再问问主人还有什么吩咐。而且我本想——哎，我没细想就按惯例办了。”

这时我意识到，帕克手忙脚乱的狼狈相极其可疑。这家伙浑身乱颤，抖个不停。

“嗯，”警督说，“我得马上见见艾克罗伊德小姐。这间屋子里的东西暂时就保持原状，等我听取艾克罗伊德小姐的证词后再回来。谨慎起见，先把窗户关上闩好。”

采取了这一保险措施后，他带头走进大厅，我们都跟在身后。他略一停步，朝那小楼梯瞥了一眼，扭头吩咐随行的警员：“琼斯，你最好守在这里，不许任何人进入书房。”

帕克恭恭敬敬地插嘴："抱歉，长官，只要您将通向大厅的这扇门锁上，就没有任何人能进入房子这半边了。那座楼梯只通向艾克罗伊德先生的卧室和浴室；房子的其他部分与这边都无路可通。本来还有扇门相连，但早就被艾克罗伊德先生封起来了。他想确保这几间房是彻底的私密空间。"

为了把案情解释得更清楚些，我特意画了一张房子右侧的草图（见图一）。帕克已经描述过，那座小楼梯通向一间大卧室，由两间卧室打通，合而为一，还附带浴室和洗手间。

警督上前瞄了一眼。然后我们都走进大厅，他把门锁上，将钥匙塞进自己口袋里，又低声叮嘱了那名警员几句，警员便离开了。

"必须马上详细追查那些鞋印，"警督解释，"但我首先要找艾克罗伊德小姐问话。她是最后一个见到她伯父活着的人。她知道出事了吗？"

雷蒙德摇着头。

"好吧，五分钟之内暂且不必告诉她。如果她知道伯父被杀，情绪必然大受影响，就没法好好答话了。就跟她说家里有小偷，问问她是否方便穿好衣服来回答几个问题。"

雷蒙德奉命上楼去了。

"艾克罗伊德小姐马上来，"他回来时说，"我就照着

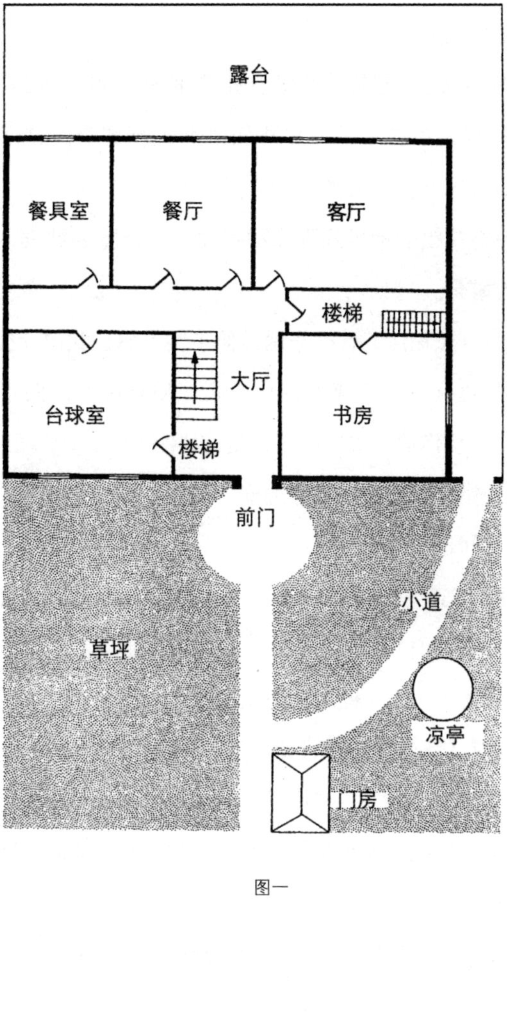


图一

您的指示说了。”

还不到五分钟，弗洛拉就下了楼梯。她身上裹着一件浅粉色的和服式丝绸睡衣，神色焦虑。

警督迎上前去。

“晚上好，艾克罗伊德小姐，”他彬彬有礼地说，“我们怀疑有人企图行窃，想请您协助进行调查。这间房间是……台球室？进去坐坐吧。”

弗洛拉镇静地坐到那张和整面墙一样宽的沙发上，抬头望着警督。

“我有点糊涂。什么东西被偷了？您想让我说什么？”

“是这样的，艾克罗伊德小姐，帕克说九点四十五分的时候你从你伯父书房出来，是这样吗？”

“没错，我是去向他道晚安。”

“时间也正确吗？”

“嗯，应该差不多。我说不准，也可能再晚几分钟。”

“当时你伯父是独自一人，还是有其他人在？”

“就他一个人，谢泼德医生已经走了。”

“你有没有碰巧注意到窗户是开着的还是关着的？”

弗洛拉摇着头说：“说不清，窗帘拉上了。”

“正是如此。那么你伯父看上去和平时一样吗？”

“我想是的。”

“能不能把你们之间的对话准确地复述一遍？”

弗洛拉停了一阵，似乎在努力回忆。

“我进去以后说：‘晚安，伯父，我去睡了，今晚很累。’他低声咕哝，然后……我上前吻了吻他，他夸我穿那条裙子很漂亮，然后又说自己很忙，让我赶紧出去。于是我就离开了。”

“他是否特别叮嘱不要让人再来打扰？”

“哦！没错，我忘了。他说：‘告诉帕克今晚我不需要其他东西了，别让他再来烦我。’我恰好在门外碰见帕克，就把伯父的口信传达给他了。”

“原来如此。”警督说。

“能不能告诉我丢了什么东西？”

“我们还——还不太清楚。”警督闪烁其词。

弗洛拉眼中浮起一抹惊疑之色，突然起身。

“怎么回事？你们是不是有事瞒着我？”

赫克托·布兰特和平日一样不动声色。他走到弗洛拉和警督中间，双手握住她伸出的手，像安抚孩子那样拍了拍；她转脸面对布兰特，仿佛从他那沉静坚毅的神态中汲取了一分慰藉与安全感。

“不幸的消息，弗洛拉，”他平静地说，“对我们大家而言都很不幸。你的罗杰伯父——”

“嗯？”

“对你是个沉重的打击，肯定是。可怜的罗杰死了。”

弗洛拉抽回手，双眼中恐惧满溢。

“什么时候？”她低声问道，“什么时候？”

“恐怕就在你离开他之后不久。”布兰特十分严肃地回答。

弗洛拉一手捂住咽喉，低低惊呼一声。见她就要倒下去，我慌忙上前搀扶。但她已经晕倒，我和布兰特只好将她扶上楼，让她在床上躺好。然后我又让布兰特去叫醒艾克罗伊德太太，并将噩耗通报给她。弗洛拉很快便苏醒了，我将她母亲请过来，叮嘱她如何护理这位姑娘，然后匆匆下楼。

# 第六章　突尼斯短剑

警督刚从通往厨房的那扇门出来，我就碰见了他。

“那姑娘怎么样了，医生？”

“已经苏醒了。她母亲正陪着她。”

“那就好。我刚才询问了仆人们，他们都声称今晚没人去过后门。你对那陌生人的描述很模糊，能提供更具体些的描绘好让我们去查吗？”

“恐怕没办法，”我只得道歉，“您瞧，今晚外头伸手不见五指，那家伙又把领子高高竖起，帽檐压得挡住了眼睛。”

“嗯，”警督说，“看来他好像故意把脸遮住。肯定不是你认识的人？”

我给了否定的答复，但却没多少把握。印象中那怪人的声音并不陌生，于是我支支吾吾地把这一情况告诉警督。

“你的意思是他的语气比较粗鲁，感觉没什么教养？”

我虽然表示同意，却忽然忆起那种粗鲁的语气似乎有些刻意造作。如果像警督说的那样，那人特意要隐蔽真容，那么他也就同样很可能故意伪装声音。

“再去书房走一趟好吗，医生？我还有一两个问题要请教。”

我同意了。戴维斯警督打开门廊的锁，我们进门后，他又把门锁上。

“我不希望有谁碍手碍脚，”他正色道，“更不想让人窃听。敲诈到底是怎么回事？”

“敲诈！”我猝不及防，不由得惊呼一声。

“究竟只是帕克凭空臆想，还是真有蛛丝马迹？”

“如果帕克听到了关于敲诈的只言片语，”我缓缓答道，“那他肯定是贴着锁孔在门外偷听。”

戴维斯点点头：“可能性非常大。瞧，我刚才一直在调查帕克今晚的行踪。说实在的，我看不惯他那副德行。这家伙肯定知道些什么。当我开始盘问他时，他就乱了阵脚，前言不搭后语地供出有人敲诈之类的话。”

我当即下了决心。

“多亏你翻出这件事。”我说，“我犹豫了好久，不知该不该坦白。其实我早就准备一吐为快了，但还想等待更适当的时机。不过既然到了这个地步，也没必要再遮遮掩掩。”

于是我一五一十将今晚的所有事情从头讲了一遍。警督听得十分认真，不时提几个问题打断我。

“从没听过如此古怪的事。”听完以后警督说，“照你的说法，那封信失踪了？那就麻烦了。我们苦苦搜寻的谋杀动机就藏在里面。”

我点点头，说：“我也意识到了。”

“你说艾克罗伊德先生暗示他怀疑是自己家里人？‘家里人’是个相当暧昧的词。”

“难道您不认为我们要找的人就是帕克？”我建议道。

“十有八九。你从书房出来时，他明显就在门口偷听；后来艾克罗伊德小姐又撞见他正要进书房。假设她走远之后，帕克又溜回来，进屋刺死艾克罗伊德，从里面锁上门，打开窗户爬出去，然后绕到他事先打开的边门从那里返回。能说得通吧？”

“只有一处漏洞，”我慢慢地说，“如果我走后艾克罗伊德马上就按计划继续读完那封信，我不相信他会干坐在那儿翻来覆去思考整整一小时。他应该会即刻召见帕克，当场痛骂他一顿，那么呵斥声势必响彻整座房子。还记得吗，艾克罗伊德可是个极易动怒的人。”

“也许他当时没来得及把信看完。”警督提出自己的看法，“我们已经知道九点半的时候有人和他在一起。如果你一走，这位神秘人就上门拜访；而此人前脚刚走，艾克罗伊德小姐后脚又进来道晚安——唔，那他一直到将近十点都没有机会继续读那封信。”

“那通电话又怎么说？”

“就是帕克自导自演的——也许当时他还没想到门是

反锁的，窗子是开着的。后来他又改变了主意——也可能是一时慌乱——便索性说不知道电话的事。就是这样，错不了。”

“也……也对。”我将信将疑。

“无论如何，我们到电话局一查就能弄清那通电话的真相。如果确实是从这里打出去的，我想不出除了帕克还能是谁。基于这一点，他就是我们要找的人。但暂且别声张——在掌握全部证据之前，还不能打草惊蛇。我会派人紧盯住他。表面上呢，我们就装作全力侦缉你遇见的那个神秘陌生人。”

他原本一直坐在书桌前那把椅子上，双腿分开。此时他又站起身，踱到扶手椅中的尸体面前。

“凶器应该也能提供一些线索，”他抬起头说，“这东西相当别致呀——从外观上看，我觉得是一件古董。”

他俯下身聚精会神地检查着剑柄，随即满意地哼了一声，小心翼翼地将双手伸到剑柄下方，缓缓从伤口里拔出剑刃。他格外小心，不去触碰剑柄，将短剑放进壁炉台上一只装饰用的敞口瓷杯中。

“不错，”他点头称赞，“确实是件艺术品。这种东西现在可不多见了。”

这把剑的确相当漂亮。剑身呈狭长的锥形，剑柄上缠绕着精致的金属纹路，工艺新奇考究。他小心地用手指碰触剑刃，试了试锋利程度，不禁扮了个大大的鬼脸。

“老天，多锐利的刃口！”他惊叹道，“即便小孩也能将它刺入人的身体——像切黄油一样轻而易举。这可是个危险的玩具。”

“现在我可以仔细验尸吗？”我问道。

他点头同意。“请便。”

于是我彻头彻尾地把尸体检查了一遍。

“怎么样？”验完之后，警督问道。

“专业术语我就直接跳过了，”我说，“等验尸审讯时再用不迟。这一剑是惯用右手的人从他背后刺进去的，当场毙命。从死者的面部表情来看，应该毫无防备。他死时多半都没来得及看清行刺者是谁。”

“男管家的脚步基本都跟猫一样轻，”戴维斯警督说，“这起案件没多少秘密可言，你来看看这剑柄。”

我望了一眼。

“我敢说你多半看不出什么，但瞒不过我的眼睛。”他压低嗓门，“有指纹！”

他后退几步，以进一步鉴定他的发现。

“没错，”我谨慎地附和，“我想也是。”

真不知为什么他会觉得我智商不够。毕竟我也常读侦探小说，也会看报纸，水平不比别人低。如果剑柄上有脚趾印的话那就是另一码事了，那我一定会表现得大为惊讶。

见我的反应不够热烈，警督多少有点扫兴。他端起那只瓷杯，邀我一起去台球室。

“我想请雷蒙德先生介绍一下这柄短剑。”他解释说。

我们又把外面门廊的门锁上，去台球室找到杰弗里·雷蒙德。警督出示了他的战利品。

“以前见过这件东西吗，雷蒙德先生？”

“啊——我相信——我几乎可以肯定这是布兰特少校赠送给艾克罗伊德先生的一件古董。它来自摩洛哥——不，是突尼斯。如此说来，这就是凶器？真教人难以置信。按理说不太可能，不过天底下也很难有和它一模一样的短剑了。我去把布兰特少校请来如何？”

还没等警督回话，他就一路小跑着去了。

“真是个好小伙子，”警督评价道，“有种诚实正直的气质。”

我也有同感。杰弗里·雷蒙德在担任艾克罗伊德的秘书的两年中，我从未见他生气或者失态。而且据我所知，他是一位工作效率极高的秘书。

不一会儿雷蒙德就回来了，身边跟着布兰特少校。

“我说对了，”雷蒙德非常激动，“的确是那把突尼斯短剑。”

“还没请布兰特少校过目呢。”警督有所保留。

“我一进书房就注意到了。”这个安静的男人说。

“当时你就认出来了吗？”

布兰特点点头。

“可你刚才什么也没说。”警督怀疑地说。

“当时不是正确的时机，”布兰特说，“在不该多嘴的时候直言不讳，往往会造成严重后果。”

他泰然自若地迎上警督的目光。

最后警督嘟囔着挪开视线，将短剑递到布兰特眼前。

“你似乎非常有把握，先生。确定是这把短剑没错？”

“绝对没错。毫无疑问。”

“那这件——呃——这件古董平时放在什么地方？能不能告诉我？”

这回是秘书抢着答话。

“放在客厅那张银桌里面。”

“什么？”我脱口惊呼。

三人都将目光转向我。

“有什么不妥吗，医生？”警督问道。他又追加了一句，依然是鼓励的口吻：“不要有顾虑，尽管说。”

“没什么大不了的，”我不好意思地解释，“只是想起昨晚我来这儿赴宴时，曾听到客厅里传出关上银桌盖子的声音。”

警督脸上顿时被一层浓重的疑云所笼罩。

“你怎么知道那是关上银桌盖子的声音？”

我不得不从头说起——冗长又乏味，我实在不愿意重复。

警督耐心听完了我的长篇大论。

“当你观赏桌内的藏品时，这柄短剑是否还在其中？”他问道。

“我不知道。”我说，“我不记得曾注意到它——但它当然也可能一直都在里面。”

“还是找女管家问问为好。”警督边说边拉了铃。

过了几分钟，拉塞尔小姐走进房间，是帕克请她来的。

“我没靠近过银桌，”当警督问起时，她答道，“只是去查看鲜花是否凋谢了而已。哦，对，我想起来了。当时银桌敞开着——这也不值得大惊小怪，我顺手就盖上了桌面。”

她挑衅地望着警督。

“知道了。”警督说，“请问这柄短剑当时是否还在里面？”

拉塞尔小姐沉着地端详凶器。

“我可不敢确定，”她答道，“我并没有停下脚步仔细看。家里人随时都可能下楼，我想赶快离开。”

“谢谢。”警督说。他略一迟疑，似乎还想继续询问，但拉塞尔小姐显然将这句“谢谢”视作谈话结束的信号，立刻离开了房间。

“这女人还真难对付，呃？”警督目送着她的背影，“我想想……银桌摆在一扇窗户前面，这是你说的吧，医生？”

雷蒙德替我回答：“对，左边那扇窗。”

“而窗子开着？”

“两扇窗都是半开的。”

“唔，我看没必要继续问下去了。某人——我只是泛指有某个人——只要想拿那柄短剑，随时都能得手，而他拿到的确切时间就无关紧要了。雷蒙德先生，明天一早我会和郡警察局局长一起过来，在那之前，那扇门的钥匙由我保管。我希望梅尔罗斯上校驾到时，现场的一切都还原封不动；我恰好得知他去了本郡另一头赴宴，而且应该会在那边过夜……”

我们看着警督端起瓷杯。

“得把这玩意儿仔细包起来，”他说，“它能提供很多重要证据。”

几分钟后，我和雷蒙德一起走出台球室，雷蒙德轻声窃笑起来。

他轻轻拧了拧我的胳膊，用目光示意。我循着他看的方向望去，只见戴维斯警督似乎正在向帕克展示一本袖珍日记，询问他的看法。

“这也有点太欲盖弥彰了，”雷蒙德附耳言道，“可见嫌疑人就是帕克，对不对？我们是不是也该为戴维斯警督留一组指纹啊？”

他从放纸牌的托盘中抽出两张牌，用丝绸手帕擦了擦，递给我一张，自己拿了一张。然后他露齿一笑，将它们呈交给警督。

“权当纪念品，”他笑道，“一号，谢泼德医生；二号，正是在下。布兰特少校那一份明早送上。”

年轻人总是轻浮，就连朋友兼雇主惨遭谋杀，也没让杰弗里·雷蒙德的悲痛之情延续多久。或许这才是人之常情吧，我也不明白。我早就丧失了迅速平复心绪的能力。

我回家时夜已深了，暗自祈祷卡洛琳早已酣睡——我早该知道这是不可能的。

她还在等我，并准备了热可可，边监督我喝下去，边把晚上发生的一切事情从我嘴里掏了出来。我闭口不谈敲诈的事，只和她分享了谋杀案的实情。

“警方怀疑帕克，”我边说边站起身，准备睡觉，“案情很明显对他十分不利。”

“帕克！”姐姐喊道，“胡说！那个警督肯定是个无可救药的蠢材。居然怀疑帕克！开什么玩笑。”

这是我们各自上楼睡觉之前听到的最后的声明。

# 第七章　邻居的职业

第二天一早我草草地结束巡诊，十分愧疚。不过这一天没有人身患重病，算是我的借口吧。刚到家，卡洛琳便到客厅迎接我。

“弗洛拉·艾克罗伊德来了。”她兴奋地耳语。

“什么？”我竭力掩饰自己的惊讶。

“她急着要见你，已经来了半小时了。”

我紧跟卡洛琳走进小客厅。

弗洛拉坐在靠窗的沙发上，一袭黑衣，双手紧张地绞在一起。一见她的脸我就吓了一跳，她苍白的脸上没有一丝血色，但当她开口时，却还能勉强维持平静和果断的口吻。

“谢泼德医生，我有件事拜托你。”

“他当然乐意帮忙，亲爱的。”卡洛琳抢着说。

我觉得弗洛拉其实并不愿意当着卡洛琳的面谈话，她肯定非常希望和我私聊。但她也没工夫再拖延，只能抓紧时间直入主题。

“我想请您陪我去一趟‘落叶松’。”

“‘落叶松’？”我相当意外。

“去见那个滑稽的小矮子？”卡洛琳惊讶地问。

“是的，您知道他是谁吗？”

“我们猜测，可能是个退休的理发师。”我说。

弗洛拉那双蓝眼睛瞪大了。

“嗨，他是赫尔克里·波洛呀！你们知道我说的是谁吗？他是个私人侦探。人们都说他破获了好多了不起的案子——和小说里那些侦探一样。一年前他退休了，现在隐居在我们村子里。伯父知道他的真实身份，但答应不告诉任何人，因为波洛先生想过清闲日子，不愿意被人打扰。”

“原来他是干这个的。”我慢条斯理地说。

“您以前肯定听说过他吧？”

“按卡洛琳的说法，我是个老古板，”我说，“不过这个人我还真的听说过。”

“不可思议！”卡洛琳在一旁大叫。

我不清楚她指的是什么事——多半是自责未能早一步挖出真相吧。

“你想去拜访他？”我又慢腾腾地问道，“为什么？”

“当然是请他出马调查谋杀案嘛，”卡洛琳尖声道，“别傻了，詹姆斯。”

我可真不傻。卡洛琳时常不理解我的用意。

“莫非你不信任戴维斯警督？”我接着问。

“那还用说，”卡洛琳说，“我也不信任他。”

换了别人，说不定会认为被谋杀的是卡洛琳的伯父呢。

“那么你怎么知道他会愿意接手此案？”我问，“别忘了，他已经退休了。”

“问题就在这儿，”弗洛拉简明扼要地答道，“我要说服他出马。”

“你确定这么做是明智的？”我正色道。

“她当然确定，”卡洛琳说，“要是她愿意，我可以亲自陪她去。”

“谢泼德小姐，如果您不介意，我还是想请谢泼德医生和我一起去。”弗洛拉说。

她很明白在某些场合就该直截了当。任何拐弯抹角的暗示对卡洛琳都是白费工夫。

“您瞧，”随即她又采取迂回战术，“谢泼德医生毕竟是医生，而且又是尸体的发现者，他可以把所有细节都讲解给波洛先生听。”

“也对，”卡洛琳酸溜溜地说，“这个我懂。”

我在房里来回踱了两圈。

“弗洛拉，”我严肃地说，“如果你听我的劝告，就不要把这位侦探扯进来。”

弗洛拉站起身来，脸涨得通红。

“我知道您这么说的原因，”她喊道，“可正因如此我才急着要求助于他。您在害怕！但我不怕。我比您更了解拉尔夫。”

“拉尔夫！”卡洛琳惊呼，“这和拉尔夫有什么关系？”

我们俩都没有回应她。

“拉尔夫也许很没出息，”弗洛拉继续说，“也许他过去干了很多荒唐事——甚至坏事——但他绝不会杀人。”

“不，不，”我连声喊道，“我可从没怀疑他。”

“那您昨晚为什么要去‘三只野猪’？”弗洛拉追问，“就在您回家的路上——伯父的尸体被发现以后？”

我一时哑口无言。本来还希望没人发觉我的行动呢。

“你怎么知道？”我只好反问。

“我今早也去过那儿了，”弗洛拉说，“听仆人们议论说拉尔夫就待在那里——”

我打断她的话：“你之前不知道他在金斯艾伯特吗？”

“是啊，当时我就惊呆了。我根本想不通，于是跑去找他，可他们告诉我——估计和昨晚对您的说法一样——他昨晚九点左右出去以后就……就再也没回来。”

她底气十足地与我对视片刻，随后像是要回答我目光中某种无声的疑问，猛然高喊：“好吧，他凭什么不能走？他可能是去了——随便去哪儿都行，甚至有可能回伦敦。”

“连行李也不要了？”我温和地问。

弗洛拉急得跺脚：“我才不管，肯定有某种简单的解释。”

“所以你就想求助于赫尔克里·波洛？顺其自然岂不

更好？你要记得，最起码警方并没怀疑拉尔夫。他们正往另一个方向侦查。”

“麻烦就在这里，”弗洛拉叫嚷着，“他们确实怀疑他了。今早从克兰切斯特来了个人——拉格伦警督，个头不高，贼眉鼠眼，不像个好人。我发现，今天上午他赶在我之前去过‘三只野猪’。他们把警督去过那儿的事，还有他问过的问题一五一十都告诉我了。他肯定认准凶手是拉尔夫。”

“这么说来，他们推翻了昨晚的思路，”我慢慢地说，“所以他不采纳戴维斯的帕克凶手论？”

“居然说是帕克。”姐姐愤愤不平地哼了两声。

弗洛拉过来挽住我的胳膊。

“哦，谢泼德医生，咱们马上就去拜会这位波洛先生吧，他会查出真相的。”

“亲爱的弗洛拉，”我柔声说着，握住她的手，“你确信我们所需要的就是真相？”

她望着我，认真地点点头。

“您不能肯定，”她说，“但我能。我比您更了解拉尔夫。”

“他当然不会干出那种事，”憋了半天没开腔的卡洛琳终于忍不住了，“拉尔夫可能是大手大脚了点儿，但他是个好孩子呀，又那么有礼貌。”

我想告诫卡洛琳，许多凶手平常都彬彬有礼，但碍于弗洛拉在场不便开口。既然这姑娘心意已定，我只好投降，趁着姐姐还没用她的口头禅“当然”开始长篇大论之际，说走就走。

一个头戴一顶硕大的布列塔尼[1]式帽子的女人为我们拉开了“落叶松”的大门。波洛先生好像在家。

我们被领进一间小小的会客室，室内的陈设井井有条。几分钟后，我昨天刚认识的朋友就现身了。

“医生先生，”他微笑致意，“小姐。”

他又朝弗洛拉微微鞠躬。

“也许您已经听说了昨晚发生的悲剧。”我开门见山。

他的表情顿时一沉。“听说了，真可怕。弗洛拉小姐，请接受我最深切的哀悼。不知我有什么能帮上忙的？”

“艾克罗伊德小姐是想，”我说，“想请您去……去……”

“去找出凶手。”弗洛拉朗声说道。

“明白了。”小矮子说，“但这难道不是警方的工作吗？”

“他们可能会犯错误啊！”弗洛拉说，“我看他们现在的侦查方向就通向错误的结论。求您了，波洛先生，帮帮我们好吗？如果……如果是钱的问题……”

波洛抬起一只手。

①法国西部的一个地区。

“不是这个问题。千万别这么说，小姐。倒不是我不喜欢钱，”他的双眼中闪过一道光芒，“钱对我很重要，一直都很重要。不过，有件事您必须搞清楚——如果我插手此案，我会一直查到水落石出才肯罢休。记住，我一旦出手，绝不半途而废！也许到头来您会觉得，还不如把案子留给本地警方处理更好。”

“我就是想知道真相。”弗洛拉直视着他。

“所有真相？”

“所有真相。”

“那我就接受您的请求，”小矮子平静地说，“希望您不会为今天说过的话而后悔。那么，请把来龙去脉都告诉我。”

“还是请谢泼德医生介绍更好，”弗洛拉说，“他了解得比我详细。”

既然受此嘱托，我便将前面记叙过的所有事实又详细陈述了一番。波洛听得很认真，不时提出一两个问题，但大多数时间他都静坐不语，盯着天花板。

我一直讲述到昨晚警督和我离开芬利庄园为止。

“现在把拉尔夫的情况也都告诉他。”我话音刚落，弗洛拉就说。

我有点踌躇，但在她焦虑的眼神注视下，也只能照办。

“昨晚你在回家的途中去了这家小旅馆——这个叫‘三只野猪’的地方？”当我介绍完毕后，波洛问道，“这究竟是为什么？”

我顿了一顿，谨慎地酝酿措辞。

“总该有人去通知那小伙子他继父的死讯。我离开芬利庄园后才突然想到，除了艾克罗伊德先生和我，没人知道他躲在村子里。”

波洛点点头。“有道理。这就是你唯一的动机，嗯？”

“这就是我唯一的动机。”我毫不让步。

“该不会——这么说吧，该不会你也想打消对这个年轻人的某些疑虑？”

“打消什么疑虑？”

“医生先生，我看你完全明白我的意思，只是故意装糊涂罢了。在我看来，你只有确认佩顿上尉一整晚都没出去，才能松一口气。”

“没有这回事。”我厉声反驳。

小矮子侦探严肃地对我连连摇头。

“你可不像信任弗洛拉那样信任我啊！”他说，“但这不要紧。需要引起重视的是——佩顿上尉失踪了，在目前的情况下，这需要一个解释。不瞒你说，问题好像很严重；不过也有可能有某种简单而又合理的答案。”

“我就是这么说的！”弗洛拉焦急地大喊。

波洛没有再纠缠这个话题，而是建议立即赶往本地警局。他认为弗洛拉最好还是先回家，由我陪同他前去，并帮他引见负责此案的警官。

我们按照这一计划行动起来。在警局门外，我们遇见了面色阴沉的戴维斯警督，和他在一起的是警察局局长梅尔罗斯上校；至于另一位，根据弗洛拉那句“贼眉鼠眼”的描述，我轻而易举地认出他就是来自克兰切斯特的拉格伦警督。

我和梅尔罗斯是老相识了，便将波洛介绍给他，顺便解释了前因后果。警察局局长显然有些为难，拉格伦警督更是面色铁青。而戴维斯看到他上司那副烦恼的模样，反而有点幸灾乐祸。

“案子马上就会水落石出，”拉格伦说，“根本没必要让业余侦探来插一手。再蠢的人昨晚也该一眼看穿案情，我们本来用不着浪费这十二小时。”

他报复性地白了可怜的戴维斯一眼，戴维斯却一脸迟钝。

“艾克罗伊德先生的家人有决定权，这是自然，”梅尔罗斯上校说，“但无论如何不能妨碍官方的调查程序。当然，波洛先生的大名也是如雷贯耳。”他很有礼貌地补上一句。

“警察就倒霉得多了，不能给自己打广告。”拉格伦说。

还是波洛挽救了尴尬局面。

“我确实已经退休了，”他说，“从没打算再接什么案子。最重要的是，我很害怕抛头露面。我有一个不情之请——倘若我对解开谜团能够略尽绵薄之力，还请千万不要将我的名字曝光。”

拉格伦警督的脸色顿时阴转多云。

“我对您过去的辉煌成就也略有耳闻。”上校的这番恭维使得气氛顿时融洽起来。

“我的经验非常丰富，”波洛平静地说，“但绝大多数成功案例都有赖于警方的鼎力支援。我对贵国警界深表钦佩。如果拉格伦警督肯允许我担任他的助手，那真是不胜荣幸。”

警督的表情又更舒坦了几分。

梅尔罗斯上校将我拉到一旁。

“据我所知，这小矮子还真办过好些了不起的大案。”他小声说，“我们自然不想惊动苏格兰场；拉格伦相当自信，但我不确定自己是否完全同意他的观点。你看，我……呃，和他相比，我毕竟和相关人士更有交情一些。波洛这家伙似乎也不想抢功，对吧？应该会规规矩矩地和我们合作，呃？”

“功劳就都归拉格伦警督好了。”我故作庄严地说。

“好啦，好啦，”梅尔罗斯上校轻松地高声说道，“波洛先生，请一定就最新的案情进展谈谈您的高见。”

“谢谢。”波洛说，“据我的朋友谢泼德医生透露，嫌疑人是那个男管家？”

“全是胡说，”拉格伦立刻答道，“这些高级仆役一出事就畏畏缩缩，行止可疑，其实跟他们一点关系都没有。”

“指纹呢？”我提醒道。

“和帕克根本对不上号，”他微微一笑，“而且你和雷蒙德先生的指纹也都不吻合，医生。”

“那拉尔夫·佩顿上尉的指纹呢？”波洛平静地问。

我不禁暗自佩服他的一针见血，警督的目光中也平添一层敬意。

“看来你也不愿浪费时间，波洛先生，和你合作一定非常愉快。我们准备一找到那年轻人就立刻比对他的指纹。”

“恕我直言，你错了，警督。”梅尔罗斯上校温和地说，“我是亲眼看着拉尔夫·佩顿长大的，他绝不可能沦为凶手。”

“世事难料。”警督不以为然。

“你们掌握了什么对他不利的证据吗？”我问道。

“他昨晚九点钟离开旅馆，九点半左右有人在芬利庄园附近见过他，而他现在还不见踪影。据了解，他的经济情况很不乐观。我还弄到了他的一双鞋——鞋底有橡胶鞋钉。这种鞋他有两双，样式完全相同。我这就准备去比对一下鞋印。我事先已经安排警员保护现场，以免鞋印遭到破坏。”

“我们马上动身。”梅尔罗斯上校说，“你和波洛先生也一起来吧？”

我们自然答应了，一起上了上校的车。警督急着要马上赶去现场检查鞋印，让我们在门房那里就放他下车。庄园内的车道在半途中有条小径向右边岔开去，通往露台和艾克罗伊德书房的窗户。

“你要不要和警督一起行动，波洛先生？”警察局局长问道，“或者先查看书房？”

波洛选择了后者。帕克为我们开门，举止谦恭得体，似乎已从昨晚的惊恐中恢复过来。

梅尔罗斯上校从口袋里掏出一把钥匙，打开通往门廊的那扇门，领着我们走进书房。

“波洛先生，除了尸体已经被搬走之外，这间屋子仍保持与昨晚案发时相同的状态。”

“当时尸体在哪儿？”

我尽可能精确地描述了艾克罗伊德所处的位置。那把扶手椅仍然摆在壁炉前。

波洛走过去坐进扶手椅中。

“你说的那个蓝色信封，你离开时放在什么地方？”

“艾克罗伊德先生把它放在右边这张小桌上。”

波洛点点头。

“除此之外，其他东西都在原处吗？”

“我想是的。”

“梅尔罗斯上校，能否麻烦你在这把椅子里小坐片刻？多谢了。那么医生先生，请你把短剑的准确位置指给我看看。”

我照办了，在这期间，小矮子就站在门口观看。

“也就是说，从门口可以清楚地看到剑柄。你和帕克立即就注意到短剑了吗？”

“没错。”

波洛来到窗前。

“发现尸体时，电灯一定亮着吧？”

我表示肯定，并走到他身旁，见他正仔细研究窗台上的痕迹。

“橡胶鞋钉和佩顿上尉鞋子的款式是一样的。”他平静地说。

随后他又回到房间中央，环顾四周，用训练有素的敏锐目光检视着屋内的一切。

“你是不是一个善于观察的人，谢泼德医生？”他最后问道。

“应该算是吧。”我有些惊讶。

“当时壁炉里燃着火，我知道。那么当你破门而入、发现艾克罗伊德先生已死的时候，炉火是什么状况？是不是快熄灭了？”

我为难地笑了。

“我——这可真说不上来。我没留意。也许雷蒙德先生或者布兰特少校——”

小矮子微笑着摇头晃脑。

“办事果然得讲求方法。问你这个问题，是我的判断失误。每个人的职业不同，你有能力向我描述病人外表的细节——没有什么能逃过你的眼睛；而如果我想了解桌上那些文件的情况，就得去请教雷蒙德先生，他心里有数。至于炉火，我得去找那位以料理这些家务事为职业的人。不好意思——”

他迅速走到壁炉旁边按铃。

过了一两分钟，帕克出现了。

“我听见了铃声，先生？”他犹疑地说。

“请进，帕克，”梅尔罗斯上校说，“这位先生有些事要问你。”

帕克恭恭敬敬地转向波洛。

“帕克，”小矮子说，“昨晚你和谢泼德医生破门而入，发现主人死了。那时候炉火是什么状况？”

帕克不假思索地回答：“火很小，先生，差不多快熄了。”

“啊！”波洛的惊叫声中似乎带有几分成就感。他又问道：“你仔细看看，帕克，这间屋子现在的模样和当时完全一致吗？”

男管家的目光四下扫视一圈，最后定格在窗户那里。

“当时窗帘是拉着的，先生，电灯也亮着。”

波洛赞赏地点着头。

“其他还有吗？”

“是的，先生，这把椅子被稍稍往外拉了一点点。”

他指了指房门左边一把老式椅子，这把椅子位于房门和窗户之间。我画了一张房间的草图（见图二），刚才提到的椅子用 X 打了个记号。

“按原来的位置摆摆看。”波洛说。

男管家将那把椅子从墙边往外拖出足有两英尺，转了个角度，让椅子面对房门。

“这就怪了，”波洛喃喃道，“应该没人会坐在这个位置、这个角度。那我想知道，是谁把它推回原处的？是你吗，我的朋友？”

“不，先生，”帕克否认道，“那时候我发现主人死了，手忙脚乱，哪里顾得上这些。”

波洛又望向我。

“你呢，医生？”

我摇头。

“当我和警察一起返回时，椅子已被推回原处，”帕克插话说，“这一点我十分肯定。”

“真奇怪。”波洛又说。

“肯定是雷蒙德或者布兰特推回去的，”我提醒他，“这肯定没什么要紧吧？”

“完全无关紧要，”波洛说，“所以才非常有意思。”他轻声补了一句。

“我失陪一会儿。”梅尔罗斯上校说完就和帕克一起离开了房间。

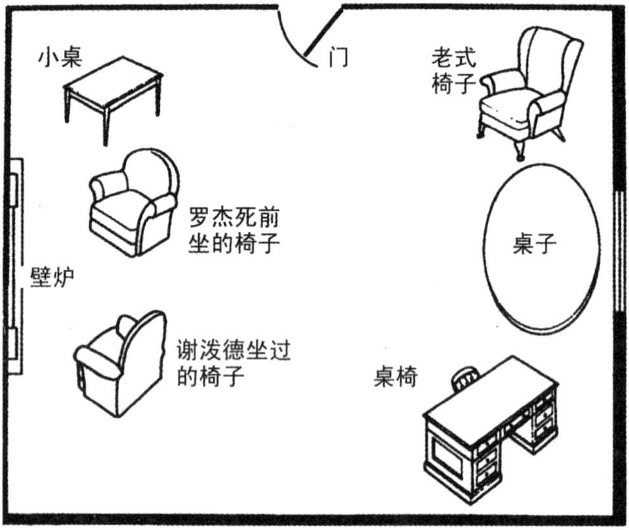


图二

“依你看，帕克说的是实话吗？”我问。

“就这把椅子而言，他没撒谎。其他我就不知道了。医生，如果你多接触几次这类案子的话，就会发现它们都有一个共同点。”

“什么共同点？”我好奇地问。

“卷入案件的每个人都有所隐瞒。”

“那我呢？”我笑着问道。

波洛目不转睛地盯着我。

“我想你也有所保留。”他平静地说。

“可是——”

“关于佩顿这个年轻人，你把知道的事情都告诉我了吗？”见我面红耳赤，他笑了，“哦，别紧张，我并不是逼你。时机到了我自然会搞清楚。”

“希望你能告诉我你查案的方法，”我冒冒失失地说，好掩饰自己的一脸窘迫，“比如说，炉火的问题。”

“唔，很简单。你离开艾克罗伊德先生的时间是——八点五十分，对不对？”

“对，应该没错。”

“当时窗户关着，也闩上了，门没有锁。而十点十五分发现尸体时，门锁上了，窗户却是敞开的。是谁开的？很明显，只能是艾克罗伊德先生本人。至于原因，只有两种：要么是因为屋子里热得受不了——但鉴于炉火已濒临熄灭，昨晚又气温骤降，这种可能性可以排除；第二种可能就是他将某人从窗口放进了屋子。如果他肯让人这样从窗子里进来，对方必定与他相当熟悉，因为之前他一直很关注同一扇窗户是否关紧。”

“听起来很简单嘛。”我说。

“如果你把各种事实有条不紊地串联起来，一切就都很明显了。现在我们关心的是昨晚九点半和他待在一起的究竟是谁。所有迹象都表明，这个人是从窗户进来的；而且，虽然此后弗洛拉小姐来见艾克罗伊德先生时他还活着，我们仍然需要揭开这名访客的面纱才能查清真相。很可能他离开后窗户依然开着，便给了凶手乘虚而入的机会；又或者是这同一个人再次返回。啊，上校回来了。”

梅尔罗斯上校精神抖擞地走了进来。

“终于查到那通电话了。”他说，“不是从这儿打出去的，而是昨晚十点十五分，从金斯艾伯特车站一个公用电话亭打到谢泼德医生家里的。十点二十三分，有一趟夜班邮车启程开往利物浦。”

# 第八章　拉格伦警督胸有成竹

波洛和我对视。

“你肯定会到车站进一步调查吧？”我问。

“那是自然，但我对结果并不抱多大希望。你知道那个车站是什么样。”

的确，金斯艾伯特不过是个弹丸之地，但此地的火车站却碰巧是个重要枢纽。大多数快车都在此停靠，许多列车也得在此将各节车厢分离重组。车站设有两三个公用电话亭。晚上那段时间，有三趟本郡的列车接连进站，都是为了能让旅客们赶乘北上的快车。那趟快车十点十九分到站，十点二十三分开出。所以那时候整个车站人声鼎沸，不管是谁在车站打了电话或上了快车，被特别留意到的机会都微乎其微。

“但到底为什么要打这个电话？”梅尔罗斯十分纳闷，“这是我觉得最不寻常的地方。这一举动似乎毫无意义。”

波洛小心地扶正书架上的一件陶瓷装饰。

“必然有某种理由。”他扭头说。

“但究竟原因何在？”

“如果我们搞清了这一点，一切也就迎刃而解了。此案既曲折离奇，又引人入胜。”

他说最后这句话的口气令人捉摸不透。我觉得他看待此案的角度十分独特，但却猜不透他到底看出了什么奥妙。

他走到窗口，朝外眺望。

“谢泼德医生，你说过，你在大门外遇见那个陌生人时是九点钟，对吗？”

他发问时并未转身。

“不错，”我答道，“我听见教堂的钟敲了九下。”

“他从大门走到房子这里——比如说这扇窗户这儿，需要多久？”

“最多不超过五分钟。如果他走车道右边那条小径，直接绕过来，只需两三分钟而已。”

“但如果抄近路，他得对这路线非常熟悉才行。怎么说好呢——那也就意味着他以前来过庄园，所以对周遭环境了如指掌。”

“有道理。”梅尔罗斯上校附和。

“毫无疑问，我们可以查清过去一周内艾克罗伊德先生是否接待过陌生访客，是吗？”

“年轻的雷蒙德会告诉我们的。”我说。

“去问帕克也行。”梅尔罗斯上校提议。

“或者两位都问问。”波洛笑道。

梅尔罗斯上校跑去找雷蒙德，而我又按了一次铃，把帕克叫来。

梅尔罗斯上校转眼就回来了，身边跟着年轻的秘书。他将秘书介绍给波洛。杰弗里·雷蒙德和往常一样充满活力、礼貌殷勤。他似乎对能够结识波洛而感到惊喜。

“没想到您居然隐姓埋名住在我们身边，”他说，“能目睹您的办案过程，真是荣幸之至——嘿，这是干什么？”

波洛原来一直站在门口左侧，这时他忽然往旁边一闪。在我转身的工夫，他三两下就把那把扶手椅拉了出来，摆在帕克指过的那个位置上。

“想让我坐在椅子上，然后给我验血？”雷蒙德还真是幽默感十足，“您有什么想法？”

“雷蒙德先生，这把椅子之前被人拖了出来——也就是发现艾克罗伊德先生遇害之时——就摆在现在这个位置。后来又被人推回原位。是你干的吗？”

话音刚落秘书就回答了，一秒钟都没耽搁。

“不，绝对不是我。我甚至都没注意到它在那个位置。但既然您这么说，肯定错不了。不管怎样，肯定是别人挪过去的。难道线索被破坏了？真糟糕！”

“并没造成什么后果，”侦探说，“一点也没有。雷蒙德先生，其实我真正想问的是，过去一星期里有没有陌生人来拜访过艾克罗伊德先生？”

秘书双眉紧锁，开始回忆。这时听到铃声的帕克也出现了。

“您有什么吩咐，先生？”

“这星期有没有陌生人来见过艾克罗伊德先生？”

男管家也陷入沉思。

“星期三有个年轻人来过，先生，”最后他说，“据我所知，他是柯蒂斯—特劳特公司的推销员。”

雷蒙德不耐烦地挥挥手。

“哦！对，我也想起来了，可他不是这位先生说的那种陌生人。”他转向波洛，“艾克罗伊德先生有意购买一台口述录音机，”他解释说，“这样我们的工作效率就可以大大提高了。出售这玩意儿的公司派了一名推销员过来洽谈，但还没成交。艾克罗伊德先生还没下决心要买。”

波洛又对男管家说：“能干的帕克先生，你能不能描述一下这个年轻人的模样？”

“他一头金发，先生，个子不高。衣着整洁，穿一套蓝色哔叽西服；就他的身份而言，称得上一表人才。”

波洛问我：“医生，你在大门口遇见的那名男子个头很高，不是吗？”

“嗯，”我说，“我估计差不多有六英尺高。”

“那么这两件事就毫无关联了，”比利时人断言，“多谢，帕克。”

男管家对雷蒙德说：“哈蒙德先生刚到，先生，他迫切想助我们一臂之力，而且他还想和您谈谈。”

“我马上就去。”年轻人匆匆赶去了。波洛用疑惑的目光看着警察局局长。

“他是家庭律师，波洛先生。”梅尔罗斯解释道。

“现在年轻的雷蒙德先生可有得忙了，”波洛嘀咕着，“他做事效率很高嘛。”

“艾克罗伊德先生也很认可他的能力。”

“他到这里多长时间了？”

“也才两年吧。”

“他办事一定非常谨慎，这我可以肯定。他平时有什么业余爱好？喜欢运动吗？”

“私人秘书可没多少时间消遣，”梅尔罗斯上校笑道，“我想雷蒙德会打高尔夫球，夏天还打打网球。”

“他不去赛场吗——我是说赛马场什么的。”

“赛马大会？不，我看他对赌马没什么兴趣。”

波洛点点头，变得兴味索然。他慢悠悠地环视书房。

“这里该看的东西我都看过了。”

我也四下瞧了瞧。

“要是这些墙能开口说话该多好。”我小声说。

波洛猛地摇头。“光有舌头还不够，”他说，“它们还得配上眼睛和耳朵。不过可别一口咬定这些没生命的东西——”他边说边摸了摸书柜的顶部，“都是哑巴。对我而言，它们有时也会说话——椅子、桌子——它们包含着自己的信息。”

他转身往门口走去。

“什么信息？”我大声说，“它们今天都对你说了什么？”

他扭过头，困惑地扬起一边眉毛。

“一扇敞开的窗子，”他说，“一扇紧锁的门，一把自己长了脚的椅子。我问了三个‘为什么’，却没有得到答案。”

他摇摇头，挺起胸，站在那儿冲着我们眨着眼睛，看起来是如此令人难以置信的自命不凡。我不禁怀疑他是否真的是个神探。莫非他的声誉都是拜一连串好运所赐？

梅尔罗斯上校多半也和我心有灵犀，他的眉头也皱起来了。

“您还想看看别的东西吗，波洛先生？”他直截了当地问道。

“若您肯费心带我去看一下原来放凶器的那张银桌，那就再好不过了。然后我就不再叨扰您了。”

我们朝客厅走去，但半路上警察局局长被一名警员拦住，两人交头接耳一阵后，梅尔罗斯上校借故告辞。我只好自己带波洛去看银桌。我掀开桌面一两次，然后松手让它自己关上。波洛推开落地窗走上露台，我便紧跟上去。

拉格伦警督正好拐过屋角朝我们走来。他神色冷峻，却又志得意满。

“原来你在这儿，波洛先生，”他说，“唔，案情差不多水落石出了。我也很遗憾，多好的一个小伙子，就这么走上了邪路。”

波洛的脸色立刻一沉，不过语气还是很温和。“照这么说，我是帮不上什么忙了？”

“也许下次吧，”警督安慰他，“虽然这宁静的世界一角并不是每天都有谋杀案。”

波洛凝望警督的目光显得非常羡慕。

“您的速度真是无与伦比，”他赞叹道，“能否冒昧请教您办案的诀窍？”

“当然，”警督笑道，“首先——要讲究方法。我常挂在嘴边的话就是——要讲究方法！”

“啊！”波洛惊叹道，“那也是我的座右铭。讲方法，讲顺序，还有小小的灰色细胞。”

“细胞？”警督瞪圆眼睛。

“大脑里的小小灰色细胞。”比利时人解释道。

“哦，当然。唔，我想我们都得动用它们。”

“程度多少有别，”波洛小声说，“更何况，质量也有高低之分。接下来就是犯罪心理学，非学不可。”

“啊！”警督说，“你还真热衷于心理学那一套？我只是个普通人——”

“这一点拉格伦太太肯定不敢苟同。”波洛微微鞠了一躬。

拉格伦警督一怔，也回鞠一躬。

“你没搞明白，”他露出笑容，“天哪，大家对同一句话的理解居然差这么多。我是在指点你办案的诀窍。首先要讲方法。最后看见艾克罗伊德先生活着的是弗洛拉·艾克罗伊德小姐，时间为九点四十五分。这是第一个事实，对吗？”

“可以这么说。”

“那么这一点就算确定了。十点半的时候，这位医生说艾克罗伊德先生已经死了至少半小时。你能肯定吗，医生？”

“当然，”我说，“半个小时或者更久一些。”

“很好。由此可知，作案的时间可以精确到十五分钟之内。我开列了一张清单，包含家里所有人，逐个详查；把他们的名字，他们从晚上九点四十五分到十点整这段时间内在什么地方、干了些什么，全都记了下来。”

他把一张表格递给波洛。我凑到波洛身后一起看。清晰的笔迹记录如下：

布兰特少校：在台球室，与雷蒙德先生一起。（后者证明。）

雷蒙德先生：台球室。（参见上条。）

艾克罗伊德太太：九点四十五分时在看打台球。九点五十五分去睡觉。（雷蒙德和布兰特看见她上楼。）

艾克罗伊德小姐：从她伯父的房间出来后直接上楼。（帕克和女佣埃尔西·戴尔可以做证。）

众仆役

帕克：直接去餐具室。（女管家拉塞尔小姐可以做证，九点四十七分时她从楼上下来和他商量事情，至少谈了十分钟。）

拉塞尔小姐：参见上条。九点四十五分在楼上与女佣埃尔西·戴尔说过话。

厄休拉·伯恩（客厅女仆）：九点五十五分之前都待在自己房里，然后去了仆役厅。

库珀太太（厨师）：在仆役厅。

格拉迪丝·琼斯（另一个女佣）：在仆役厅。

埃尔西·戴尔：在楼上的卧室里。拉塞尔小姐和弗洛拉·艾克罗伊德小姐都曾经看见她。

玛丽·斯里普（帮厨女佣）：在仆役厅。

“厨师已经来了七年，客厅女仆十八个月，帕克一年多一点，其他都是新来的。除了帕克有些可疑，其他仆人好像都挺老实的。”

“非常详尽的清单，”波洛边说边把表格还给他，“我敢肯定帕克不是凶手。”他又认真地补充。

“我姐姐也有同感，”我插了一句，“而且她总是对的。”不过没人把我的打岔当回事。

“这就非常有效地排除了家里人犯案的可能性。”警督继续说道，“接下来就是关键问题。门房的那个女人——玛丽·布莱克——昨晚拉窗帘的时候看见拉尔夫·佩顿从大门进来，朝大宅走去。”

“她能确定吗？”我连忙问。

“一口咬定。她一眼就认出他了。他很快闪进大门，拐入右边那条小径——那可是通往露台的捷径。”

“具体是什么时间？”波洛不动声色地端坐着。

“准确地说，是九点二十五分。”警督严肃地说。

三个人都沉默了。然后警督又开口道：“已经非常明显了，一环紧扣一环。九点二十五分有人目击佩顿上尉经过门房；九点三十分左右，杰弗里·雷蒙德先生听到有人在屋里向艾克罗伊德先生要钱，却遭到拒绝。然后呢？佩顿上尉从原路离开——从窗子出去的。他在露台上来回走着，又气又恼。他来到客厅敞开的窗户外面，假设是九点四十五分吧。弗洛拉·艾克罗伊德小姐向伯父道晚安。布兰特少校、雷蒙德先生和艾克罗伊德太太在台球室里。客厅空无一人，他趁机从银桌里取出短剑，又回到书房窗外脱掉鞋子，爬进屋里，然后——我就不描述细节了。随后他逃之夭夭，没胆量再回旅馆，而是直奔车站，在那儿打了个电话——”

“为什么？”波洛柔声问。

我被这突如其来的一问吓了一跳。这个小矮子正倾身向前，双目炯炯，射出一道奇异的绿光。

拉格伦警督一时也被这问题给噎住了。

“这一举动的目的可就难说了，”他最后说，“但凶手们往往做出可笑的事情。如果你当过警察就明白了，哪怕最聪明的凶手有时也会犯些愚蠢的错误。过来，我给你看看那些鞋印。”

我们跟随他绕过露台，来到书房窗外。拉格伦一声令下，一名警员马上把从村里小旅馆找到的那双鞋拿了出来。

警督将鞋放在鞋印上。

“非常吻合。”他自信地说，“这其实并不是留下鞋印的那双鞋，那双被他穿走了。这双鞋和那双一模一样，但是旧一点——看见鞋底的橡胶鞋钉已经明显磨损了吗？”

“但是鞋底带有橡胶鞋钉的人肯定不少吧？”波洛问道。

“话是这么说没错，”警督说，“但如果没有其他依据佐证的话，我也不会强调鞋印这件事。”

“拉尔夫·佩顿上尉这个年轻人想必蠢得出奇，”波洛若有所思，“居然留下这么多证据，生怕别人不知道他来过。”

“啊，好吧，”警督说，“您也知道，昨晚的天气晴朗干燥，他没在露台和砾石小径上留下什么痕迹。然而很不巧，最近几天小径尽头的那股泉水涌了出来，溢过了路面。看这儿。”

几英尺外，一条小小的砾石小径通往露台。就在离尽头只有几码的地方，地面十分潮湿，还有些泥泞。这潮湿地段又出现了一些鞋印，其中就有橡胶鞋钉的痕迹。

波洛沿着小径走了一段，警督跟在他身旁。

“您注意到这儿有女人的鞋印了吗？”他突然问道。

警督大笑起来。

“当然。不过有好几个女人走过这条路——也有几个男的。抄这条小路进屋也是常事。我们不可能分辨出所有的鞋印，毕竟窗台上那些才是真正重要的。”

波洛点了点头。

“没必要再往前走了，”当车道映入眼帘时，警督说，“前头这段又变成了石子路，坚实得很。”

波洛又点了点头，目光却牢牢锁定花园中的一座小房子——那是一座豪华版的凉亭，就在我们前方、小径左侧不远，也有条蜿蜒的砾石小径通过去。

波洛在原地徘徊了一会儿，直至警督返身朝大宅而去，才又对我使了个眼色。

“肯定是仁慈的上帝派你来替代我的朋友黑斯廷斯的，”他的双眼闪闪发光，“我们很投缘啊，谢泼德医生。去那座凉亭看看吧？它激起了我的兴趣。”

他上前推开门。亭子里光线昏暗，摆着一两张田园风格的粗制椅子，一只槌球架，几张折叠式躺椅。

我惊讶地望着这位新朋友，只见他手脚并用在地上爬来爬去，还不时摇头晃脑，似乎不太满意，最后索性一屁股跪坐在自己的小腿上。

“一无所获。”他咕哝着，“唉，也许本来就不该抱什么希望的。不过它本来可以有重大的意义——”

他突然停口，僵在那儿一动不动。然后他把手伸向一把椅子，从旁边取出一个什么东西。

“那是什么？”我喊了起来，“你找到什么了？”

他笑着松开手，让我看他掌心的东西，原来是一小块浆过的白色丝绢。

“你觉得这会是什么，呃，我的朋友？”他那锐利的目光直视着我。

“手帕上撕下来的碎片吧。”我耸耸肩。

他忽然又伸出手去，捡起一根小小的羽毛管——从外形上看，好像是一根鹅毛管。

“这又是什么？”他得意扬扬地大叫着，“你有什么看法？”

我只能瞪着他看。

他将羽毛管放进衣兜里，又打量起那片白色丝绢。

“手帕的碎片？”他沉吟道，“也许你说得对。但要记住——高级洗衣店是不会给手帕上浆的。”

他得意地对我点点头，又小心地将那片丝绢夹进笔记簿。

# 第九章　金鱼池

我们一起走回大宅，警督已不知去向。波洛在露台上停了片刻，背朝房子，慢悠悠地东张西望。

“多么美丽的庄园啊，”他赞叹不已，“会由谁来继承呢？”

这句话令我大为震惊。说来也怪，直到刚才我都没有考虑过继承遗产的问题。波洛目光犀利地盯着我。

“看来你是刚想到这一点。”最后他说，“之前难道都没考虑过，嗯？”

“没有，”我实话实说，“要是早点想到就好了。”

他又一次好奇地打量着我。

“我不明白你的意思，”他若有所思。“哦，不，”我刚要开口，他又大声说，“没用的！反正你也不会透露自己的真实想法。”

“每个人都有所隐瞒。”我微笑着援引他先前说的话。

“完全正确。”

“你现在依然这么想？”

“越来越有把握，我的朋友。但想要瞒过赫尔克里·波洛可没那么容易，我自有办法查清一切。”

他边说边走下通往荷兰式花园的台阶。

“一起散散步吧，”他扭头招呼我，“今天的空气非常宜人。”

我紧跟上来。他领着我拐进左侧一条夹在紫杉树篱之间的小径，两侧是井井有条的花圃，小径的尽头有块半圆形的地方，地面铺得十分平整，设有坐椅，还有一眼金鱼池。波洛并未上前，而是沿着侧面绿树掩映的小山坡绕上去。坡上有块空地，树木已被砍掉，摆了一张长椅，端坐在这里便可饱览乡野风光，金鱼池正在下方。

“英国的风光真美，”波洛边欣赏眼前景致，边笑着说，“英国的姑娘也非常美。”他压低了嗓门：“别出声，我的朋友，瞧瞧下面那幅美景。”

我这才发现了弗洛拉。她正沿刚才我们经过的小径款款而来，一边还哼着歌。她蹦蹦跳跳的步伐与其说是走路，不如说是翩然起舞；虽然一身黑色长裙，浑身上下却充满喜悦欢欣。她踮起脚轻快地一旋，乌黑的裙角顿时扬起；与此同时她一扭头，发出银铃般的笑声。

就在这时，一个男人从树后走出来，是赫克托·布兰特。

弗洛拉顿时一惊，脸色微微一变。

“你吓到我了——刚才没看见你。”

布兰特一言不发，只是静静凝望着她。

“我喜欢你的地方，”弗洛拉的话中带刺，“便是那令人愉悦的谈吐。”

布兰特黧黑的面庞竟也泛起了红晕。他一开口，说话的声音也不太一样了——掺进了某种奇特的谦卑感。

“我向来都笨嘴拙舌的，即使年轻时也一样。”

“那想必是很久很久以前了。”弗洛拉一本正经地说。

我捕捉到了她话中隐藏的笑意，但布兰特未必能听出来。

“是啊，”他简洁地回答，“没错。”

“身为玛士撒拉[①]是什么感受？”弗洛拉又问。

这次她的戏谑之意更加明显，但布兰特只是自说自话。

“还记得那个把灵魂出卖给魔鬼，用来换取重获青春的男人吗？有一出歌剧就以此为主题。”

“你是指《浮士德》？”

“对。古怪的故事。如果做得到，我们之中多半也有人愿意做那种交易。”

“听你的话，还以为你已经老得关节都开始作响了。”弗洛拉又好气又好笑。

布兰特一时语塞，目光从弗洛拉身上游移开去，对着邻近的一棵树念叨着：“也该是时候回非洲去了。”

---

① Methuselah，《圣经》中非常长寿的人。

“您又要出远门？去打猎？”

“有这个打算。通常，嗯——我是说通常都是去打猎。”

“大厅里那个兽头就是战利品吧？”

布兰特点点头，脱口而出：“你喜欢漂亮的兽皮吗？如果你喜欢，我可以带几张回来。”他的脸涨得通红。

“哦！太好了！”弗洛拉轻呼，“真的吗？你不会忘记吧？”

“忘不了。”赫克托·布兰特说。

接着他又急急忙忙地倒出一大段话来。

“我该走了。我不擅长过这种生活。不懂礼节。我是个粗人，不适合社交圈，总也记不住该说什么。对，我确实得走人了。”

“可你不能现在就走，”弗洛拉嚷嚷着，“不行——我们被这种麻烦缠身的时候你可不能走。哦，求你了，要是你离开的话——”

她把身子转过去一些。

“你想让我留下？”布兰特问。

明知故问，倒也直接。

“我们都这么想——”

“我是问你个人的想法。”布兰特直截了当地说。

弗洛拉又缓缓转回身，二人四目相对。

“是我想让你留下，”她说，“假如——假如这有什么区别的话。”

“这让一切都不一样了。”布兰特说。

片刻的静默后，二人在金鱼池畔的石凳上坐了下来。似乎都拿不准接下来该说什么好。

“多么……多么迷人的清晨，”最后还是弗洛拉打破尴尬局面，“不瞒您说，尽管……尽管出了这么多事，我还是忍不住心中的喜悦。这很糟糕，你说呢？”

“其实这也很自然，”布兰特说，“你不是两年前才初次和你伯父见面吗？悲痛之情不太强烈，也在情理之中。总比装模作样来得好。”

“你实在太会安慰人了，”弗洛拉说，“把一切事情都说得很简单。”

“世上的事情本来就简单得很。”这位大名鼎鼎的猎人说道。

“那也不尽然。”弗洛拉又说。

她的话音渐渐低落，布兰特扭头望着她，仿佛把目光从大概是遥远的非洲海岸那里收了回来。他显然自以为了解她语气突转的原因，很快就冒冒失失地开口：

“嗨，我说，你也没必要担心。我是说没必要为那个小伙子担心。警督是个饭桶，人人都知道——居然认为拉尔夫是凶手，荒谬。凶手肯定是外人。小偷。这是唯一可能的答案。”

弗洛拉又转过脸望着他。

“你果真这么想？”

“难道你不这么认为吗？”布兰特立刻反问。

“我——哦，当然，我也这么想。”

又一阵沉默，然后弗洛拉突然没头没脑地说：“我……我想告诉你今早我这么开心的原因。不管你觉得我多么无情，我都非说出来不可。因为我们家的律师——哈蒙德先生——通知了我遗嘱的内容。罗杰伯父留给我两万英镑。想想看——那可是两万英镑呀。”

布兰特有些吃惊。

“这难道那么重要吗？”

“对我重不重要？哎，这能给我一切。自由——人生——不必再处心积虑，不必再斤斤计较，不必再谎话连篇——”

“谎话连篇？”布兰特尖锐地打断了她。

弗洛拉一时有些震惊。

“你应该明白我的意思，”她闪烁其词，“阔绰的亲戚们把淘汰下来的脏东西施舍给你，去年的外套啦、裙子啦、帽子什么的，你还得装出一副感激涕零的模样。”

“女士的服饰我不太懂，但你一直穿得挺漂亮。”

“可那也要付出代价，”弗洛拉低声说，“不提这些不愉快的事了。我自由了，可以想干什么就干什么，可以不必——”

她突然住口了。

“不必怎样？”布兰特连忙问道。

"我忘了。没什么要紧的。"

布兰特把手杖伸进金鱼池，好像在戳什么东西。

"你在干什么，布兰特少校？"

"水底有东西一闪一闪的，不知是什么——好像是一枚金胸针。现在我把水搅浑了，看不见了。"

"没准是一顶皇冠，"弗洛拉打趣道，"就和梅丽珊德在水中发现的那顶一样。"[①]

"梅丽珊德，"布兰特想了想，"是歌剧中的角色？"

"对啊，你似乎对歌剧挺熟悉。"

"偶尔会有人带我去看戏，"布兰特垂头丧气地说，"多么可笑的娱乐方式——那声音简直比土著人的鼓声还要吵闹。"

弗洛拉忍不住大笑起来。

"我记得梅丽珊德嫁给了一个老家伙，"布兰特继续说道，"年纪足够当她的父亲。"

他朝金鱼池里扔了一块小石头，然后转身面对弗洛拉，神情也为之一变。

"艾克罗伊德小姐，有什么我可以效劳的吗？我是指佩顿的事。你一定非常着急。"

"多谢，"弗洛拉冷冰冰地答道，"还真没什么可做的。拉尔夫会没事的。我已经请来了全世界最出色的侦探，他

---

①指德彪西的著名歌剧《佩里亚斯与梅丽珊德》(*Pelleas et Melisande*)。

一定能让真相大白。”

身处我们这个位置真让我有点不自在。严格说来也不算偷听，因为下面花园里这两位只要一抬头就能看见我们。更何况，要不是我的同伴用力把手压在我手臂上，警告我不要出声的话，我早就提醒他们有人在这里了。波洛显然想让我保持沉默。可现在他自己倒迅速行动起来。

他很快地站起来，清了清嗓子。

“请原谅，”他喊道，“没提醒两位我就在附近，何况弗洛拉小姐的赞赏我万万不敢当。人人都说偷听时总听不到人家说自己好话，这次却是个例外。为免再出洋相，我只好现身向两位郑重道歉了。”

他快步沿小径下坡，我紧随其后来到金鱼池旁边。

“这位是赫尔克里·波洛先生，”弗洛拉说，“您应该听说过——”

波洛鞠躬致意。

“布兰特少校，久仰大名，”他客客气气地说，“幸会。我正急着向您请教一些问题。”

布兰特以探询的目光望着他。

“您最后一次看见艾克罗伊德先生活着，是什么时间？”

“吃晚饭的时候。”

“后来就再也没见到他，或是听到他说话了吗？”

“没再见过他，但听到过他的声音。”

“怎么说？”

“我在露台上散步来着——”

“不好意思，当时是几点？”

“大约九点半。我在客厅的窗外抽着烟，走来走去，听见艾克罗伊德在书房里说话——”

波洛停下来，拔掉一根细细的嫩草，打断布兰特。

“在露台的那个位置，您肯定听不见书房里的说话声。”他低声说。

波洛并没看布兰特，我却正盯着他。令我讶异不已的是，布兰特的脸竟然红了。

“我一直走到了拐角处。”他不情愿地解释。

“啊！真的吗？”波洛问。

他那无比和善的口气，令人觉得他还想了解更多情况。

“我还以为自己看见……看见一个女人钻进了树丛。就是一抹白色闪了过去，哎，多半是我眼花了。当时我到了露台拐角处，听见艾克罗伊德和秘书谈话。”

“他在和杰弗里·雷蒙德谈话？”

“对啊——当时我是这么认为的，现在看来好像搞错了。”

“艾克罗伊德先生没喊对方的名字吗？”

“哦，没有。”

“那么，您凭什么认为是——”

布兰特结结巴巴地解释：“我想当然地觉得那是雷蒙

德，因为我去露台之前，他说要送几份文件给艾克罗伊德。我从没考虑其他人的可能性。”

“记不记得他们说了些什么？”

“恐怕不记得了。平常琐事而已。我也就零零星星听了三两句，当时我在想其他事情。”

“平常琐事啊。”波洛小声嘀咕，“发现尸体后，您进书房时有没有把一把椅子移到墙边？”

“椅子？没动过。我为什么要去动椅子？”

波洛耸耸肩，没有回答。他又转向弗洛拉。

“打听一件事，小姐。您和谢泼德医生一起观赏银桌里的藏品时，那柄短剑是否还在原处？”

弗洛拉噘起了嘴。“拉格伦警督刚盘问过这件事，”她气呼呼地说，“我已经全告诉他了，现在又得对你重复一遍。我完完全全肯定，短剑当时已不在银桌里。他却以为当时还在，然后被拉尔夫溜进来偷走。而且……而且他根本不相信我，认定我那么说是为了……为了包庇拉尔夫。”

“你没有包庇他吗？”我正色问道。

弗洛拉急得直跺脚：“谢泼德医生，你也……哦！真要命！”

波洛巧妙地岔开话题。

“布兰特少校，刚才你说池子里有东西闪闪发亮，果然不假。我看看能不能够得着。”

他在池边跪下来，把袖子挽到肘部，手缓缓伸入水中，生怕搅动池底的淤泥。但尽管他非常小心，泥浆还是不免打着旋儿泛了起来。他只得缩回手，什么也没捞到。

他可怜巴巴地盯着手臂上的泥浆。我递上自己的手绢，他再三推辞才接过去，频频道谢。布兰特看了看手表。

“差不多该吃午饭了，”他说，“咱们最好还是回屋里去吧。”

“您也一起来吃饭吧，波洛先生？”弗洛拉问道，“我想请您见见我母亲，她——她特别喜欢拉尔夫。”

小矮子略一欠身：“不胜荣幸，小姐。”

“您也留下来怎么样，谢泼德医生？”

我犹豫了一下。

“哦，您就答应吧！”

其实我正有此意，就顺水推舟，不再客套了。

我们朝大宅走去，弗洛拉和布兰特走在前头。

“多美的秀发，”波洛压低嗓门对我说，点头示意前方的弗洛拉，“真正的金色！她和黝黑俊朗的佩顿上尉真是天生一对。你觉得呢？”

我好奇地看着他，他却开始掸掉衣袖上的几颗小水珠。这家伙有时有点像一只猫：那碧绿的眼珠，还有那些过分挑剔的习惯。

“白忙一场。”我深表同情，“我真想知道池子里究竟是什么宝贝。”

“想看吗？”波洛问。

我瞪大了眼，他则点点头。

“我亲爱的朋友，”他好声好气地抱怨，“赫尔克里·波洛绝不会甘冒弄脏衣服的风险还空手而归。那太荒唐可笑了。我从不做荒唐事。”

“可你把手抽出水面时什么也没有。”我抗议道。

“有些时候谨慎是非常必要的。难道你对病人们都有话直说吗，医生？我看不见得。即便对你那位好姐姐，你也未必全无保留，是不是？我把空手亮给你们看之前，早就将拿到的东西藏进了另一只手。你来看看这是什么。”

他伸出左手，手掌摊开，只见一只小巧的金戒指躺在掌心。是一只女式婚戒。

我从他手心里拿起戒指。

“看里面。”波洛指点。

我照他的示意一看，戒指内侧用漂亮的字体刻了一行细细的字：

R. 赠，三月十三日。

我瞧了瞧波洛，但他正忙于对着一面袖珍镜子打理自己的形象，对那两撇胡子尤其上心，完全把我晾在一边。看得出来，这会儿他完全没有交谈的欲望。

# 第十章　客厅女仆

我们在大厅里遇到了艾克罗伊德太太。她身边是个干瘪的矮个男人，下颌突出，灰色的眼睛目光锐利，一望便知是位律师。

“哈蒙德先生会留下来和我们共进午餐。”艾克罗伊德太太说，“您认识布兰特少校吗，哈蒙德先生？还有亲爱的谢泼德医生——他也是可怜的罗杰的好朋友。另外，这位是——”

她停下来，茫然地打量着赫尔克里·波洛。

“这是波洛先生，妈妈，”弗洛拉说，“我今天早上和你提过。”

“哦，对，”艾克罗伊德太太含糊地说，“当然，亲爱的，当然啦。他会找到拉尔夫吧？”

“他会找到杀害伯父的凶手。”弗洛拉说。

“哦，我的宝贝，”她母亲哭了起来，“别提了！我脆弱的神经可承受不起。今天早上我整个人都垮了，彻底垮了。竟会发生这么可怕的事情。我忍不住想，这肯定是某种意外事故。罗杰那么喜欢摆弄那些稀奇古怪的古董，肯定是他不小心手一滑，或者其他什么原因。”

出于礼貌，众人都对这个论调不予置评。波洛蹭到律师身旁，神秘兮兮地和他小声交谈起来。两人挪到窗边，我凑过去加入，又有些迟疑。

“没妨碍你们吧？”我说。

“哪里哪里，”波洛热情地说，“医生，我们是合作查案的，要是缺了你，我也找不到方向。我正期盼善良的哈蒙德先生提供一丁点儿情报呢。”

“我猜你们两位是代表拉尔夫·佩顿上尉的。”律师出言谨慎。

波洛摇头晃脑：“不，我是为了伸张正义。艾克罗伊德小姐请我调查她伯父遇害一案。”

哈蒙德先生略显惊讶。

“无论证据对佩顿上尉多么不利，我都很难相信他竟会与这起谋杀案有关。”他说，“唯一可以证实的就是，他手头拮据，急需用钱——”

“他要钱要得很急吗？”波洛急忙插话。

律师耸耸肩。

“对拉尔夫·佩顿而言，这是家常便饭了。”他冷冷答道，“他花钱如流水，没完没了地向继父要钱。”

“最近还这样吗？比如过去一年之内？”

“说不准。没听艾克罗伊德先生提过。”

“明白了。哈蒙德先生，我想您对艾克罗伊德先生的遗嘱详情一定很了解？”

“当然。这正是我今天来这儿的目的。”

“那么，既然我接受了艾克罗伊德小姐的委托，您应当不介意向我透露遗嘱内容吧？”

“其实遗嘱相当简单，没有什么法律术语，除去部分遗赠之外——”

“比如？”波洛问道。

哈蒙德先生有点意外。

“赠给女管家拉塞尔小姐一千英镑；厨师爱玛·库珀五十英镑；秘书杰弗里·雷蒙德先生五百英镑。接下来是给各家医院的——”

波洛举起手。“啊！慈善捐赠我可不感兴趣。”

“好吧。价值一万英镑的股票，收益归塞西尔·艾克罗伊德太太，到她去世为止。弗洛拉·艾克罗伊德小姐共继承两万英镑。其余的——包括这处房产，以及艾克罗伊德父子公司的全部股份——都将由他的养子拉尔夫·佩顿继承。”

“艾克罗伊德先生的财产丰厚吗？”

“非常丰厚。年轻的佩顿上尉马上就要变成大富翁了。”

在片刻的沉默中，波洛和律师交换了一个眼神。

“哈蒙德先生！”壁炉那边传来艾克罗伊德太太拖着哭

腔的叫喊声。

律师应声而去，波洛拽着我的手臂，把我拖到窗口。

“瞧这些鸢尾花，”他高声称赞，“多美啊，不是吗？真令人赏心悦目。”

与此同时，他掐了掐我的手臂，低声说：“你是真心想帮我的忙吗？真心想参与调查？”

“那当然，”我连忙表态，“求之不得。你不知道我过的日子，就像个老家伙一样无聊透顶，一点新鲜有趣的经历都没有。”

“非常好，那我们就是同一战线了。估计没多久布兰特少校就会凑过来，他被那位好妈妈烦怕了。我想了解几个问题——但又不愿让人看出我的目的，明白吗？所以只好麻烦你出面提问。”

“你想让我问什么？”我心领神会。

“请你提起弗拉尔斯太太的名字。”

“嗯？”

“提到她的时候，态度要自然。然后你就问布兰特少校，弗拉尔斯太太的丈夫过世时他是否也在这儿。懂我的意思了吗？当他回答时，要装作若无其事地注意他脸上的表情。明白？”

没时间再商量了，不出波洛所料，布兰特突然撇下其他人，朝我们走来。

我提议一起去露台散散步，他默许了。波洛则留在屋里。

我驻足欣赏一朵迟开的玫瑰。

“不过一两天，一切都变了。”我感叹道，“记得星期三我来这儿的时候也曾经在露台上散步，艾克罗伊德陪着我——精神焕发。可现在，仅仅三天之后，艾克罗伊德死了，可怜的人。弗拉尔斯太太也死了——你认识她，对不对？肯定认识。”

布兰特点点头。

“这次你到这里来之后见过她吗？”

“和艾克罗伊德一起去过，上星期二，我想是。一位迷人的女性，但却有些古怪。神秘，别人永远猜不透她的想法。”

我盯着他那双镇定的灰眼睛，并没发现什么蹊跷，于是又问：“你从前也见过她吧？”

“上次我来这儿的时候，他们夫妇刚刚搬来定居。”他顿了一顿，接着又说，“不可思议，那时的她完全不同。”

“有什么变化？”我问。

“看上去老了十岁。”

“她丈夫去世时你不在这里？”我尽量漫不经心地抛出这一问。

“不在。人人都说那对她是个解脱。也许不太厚道，但却是事实。”

我也同意，于是谨慎地评论道：“阿什利·弗拉尔斯根本算不上一个好丈夫。”

“依我看就是个恶棍。”布兰特说。

“不，”我说，“他只是拥有了多于自己应得的金钱。”

“哦，钱！世上的罪恶归根到底就是钱，或者说缺钱。”

“那么对您而言，麻烦是哪一种？”我问道。

“正好够花。我很幸运。”

“的确。”

“老实说，现在我手头有点紧。一年前得到一笔遗产，却听了别人的劝，像个傻瓜一样把钱打了水漂。”

我深表同情，并倾诉了自己的类似遭遇。

这时开饭的锣声响了，我们一起进屋吃午餐。波洛轻轻将我往后一拉。

“怎么样？”

“他没问题，”我说，“我能肯定。”

“一点也不慌乱？”

“一年前他继承了一笔遗产，”我说，“但那又怎样？没什么不妥吧？我敢发誓，他这个人正直无私、光明磊落。”

“毫无疑问，毫无疑问，”波洛连忙安抚我，“别自寻烦恼了。”

他说话的态度就像对待一个任性的孩子。

我们鱼贯进入餐厅。真令人难以置信，距离上次我在这张桌前吃饭还不到二十四小时。

饭后，艾克罗伊德太太将我拽到一旁，一起坐到沙发上。

“我忍不住感到难过，”她嘟囔着，抽出一条显然不是用来抹眼泪的手绢，“因为罗杰根本不信任我。那两万英镑本该留给我——而不是弗洛拉。他应当相信母亲会保护女儿的利益嘛。依我看，这就是不信任的表现。”

“你忘了，艾克罗伊德太太，”我说，“弗洛拉毕竟是艾克罗伊德的亲侄女，他们有血缘关系。如果你不是她的弟媳，而是亲姐妹，那情况就不同了。”

“可怜的塞西尔死得早，罗杰也该考虑考虑我的感受，”这位太太用手绢蜻蜓点水般轻拭着睫毛，“可他在钱的问题上总那么特立独行——更别提多抠门了。弗洛拉和我的处境都非常艰难，他甚至不给那可怜的孩子零用钱。虽然他会替她支付账单，可总是不太高兴，还问她买那些花里胡哨的东西有什么用——真是男人的想法！可是——哎，我都忘了要说什么啦！哦，对了，您知道吗，属于我们自己的钱连一个便士也没有。弗洛拉很有意见——我必须说她对此牢骚满腹。不过当然了，她依旧深爱着伯父，可不管换了哪个姑娘也会有牢骚的。对，我得说罗杰对金钱的态度简直不可理喻。他那条旧洗脸毛巾早都破了几个大窟窿了，居然都舍不得买新的。与此同时，”艾克罗伊德太太突然亮出她那招牌式的转折语气，“他留给那女人一大笔钱——一千英镑，想想看，一千英镑啊！”

“哪个女人？”

“拉塞尔那女人呗。我早就说过，她很不对劲。可罗杰根本容不得别人讲她坏话。他说她性格很要强，还表示很敬佩她，没完没了地夸她正直、独立、道德高尚。可我觉得她有点滑头。她绝对曾想方设法要嫁给罗杰，但被我坏了好事，所以她一直对我恨之入骨。这也正常，我早把她看透了。”

我开始犯愁，不知艾克罗伊德太太的喋喋不休何时才能停止，我何时才能脱身。

多亏哈蒙德先生过来告辞，我才抓住机会站起来。

“关于验尸审讯，”我说，“您觉得在哪里进行比较合适？是在这儿还是在‘三只野猪’？”

艾克罗伊德太太张大嘴瞪着我。“验尸审讯？”她惊愕万分，“有这个必要吗？”

哈蒙德先生干咳一声，小声说道：“在这种情况下，验尸审讯是难免的。”他又咳了两声。

“但谢泼德医生一定能把它处理成——”

“我能做的很有限。”我冷冰冰地说。

“如果他死于意外——”

“他是被谋杀的，艾克罗伊德太太。”我直率地说。

她短促地尖叫一声。

“意外事故那套理论根本站不住脚。”

艾克罗伊德太太满脸悲戚地望着我。她无非是怕验尸审讯时丢面子，真是太蠢了。我很不耐烦。

“如果有验尸审讯，我——我应该用不着回答问题什么的，对不对？”她问道。

“我也不清楚有哪些必要环节，”我回答，“雷蒙德先生会替你分忧的，他了解前因后果，也能提交正式的身份证明。”

律师略一点头，以示赞同。

“我确实认为没什么可担心的，艾克罗伊德太太，”他说，“您完全可以绕开这些麻烦。对了，至于钱的问题，您现在是否急需用钱？我的意思是，”见她疑惑地望着他，哈蒙德便说，“我是说可以直接花销的钱。现金。如果没有的话，我可以安排一下，先拨给您一些钱用于日常开销。”

“这好办，”站在一旁的雷蒙德说，“艾克罗伊德先生昨天刚兑换了一张一百英镑的支票。”

“一百英镑？”

“是的，准备今天用来发工资，以及支付一些其他费用。现在钱还原封未动。”

“这笔钱放在哪里？他的书桌里吗？”

“不，他一般都把现金存放在卧室。准确地说，是放在一个项圈盒子里。很可笑吧？”

“我想，”律师说，“我离开之前，咱们最好去确认一下钱是否还在原处。”

“没问题，”秘书说，“我这就带你们上楼……哦，我忘了，门还锁着呢。”

问过帕克后，我们得知拉格伦警督正在女管家房里询问其他问题。几分钟后，警督带着钥匙回到大厅与我们会合。他开了锁，我们走进门廊，登上狭小的楼梯，楼梯顶端的门就通向艾克罗伊德的卧室。门敞开着，屋里光线昏暗，窗帘拉着，床铺和昨晚一样铺着。警督拉开窗帘，让阳光倾泻进来。杰弗里·雷蒙德走上前去够一个紫檀木衣柜的顶层抽屉。

“瞧瞧，他这人把钱放在不上锁的抽屉里。”警督点评道。

秘书的脸有些发红。

“艾克罗伊德先生完全信任仆人的品格。”他稍显激动。

“哦！那是。”警督连忙改口附和。

雷蒙德打开抽屉，从最深处取出一个皮革质圆形项圈盒子。他翻开盒盖，抽出一只厚厚的皮夹子。

“钱都在这儿。”他边说边取出厚厚一沓钞票，“您数数，整整一百英镑。艾克罗伊德先生昨晚饭前更衣时，当着我的面把钱放进这个盒子里的。当然，后来再也没人动过了。”

哈蒙德先生接过钞票，数着数着，突然抬起头。

“你说是一百英镑，可这里只有六十英镑。”

雷蒙德瞪着他。“这不可能。”他跳上前，从哈蒙德手中夺过钱，大声数起来。

哈蒙德没数错，总数确实是六十英镑。

“可是——我不明白。”秘书大声说，满心疑惑。

波洛问道：“昨晚艾克罗伊德先生更衣就餐时，您是亲眼看着他把钱放进去的吗？确定他之前没有先花掉几张吗？”

“肯定没有。他甚至还说：‘我可不想揣着一百英镑下楼吃饭，口袋里鼓鼓囊囊的。’”

“那事情就简单了，”波洛说，“要么是他昨晚花掉了四十英镑，要么就是有人把钱偷走了。”

“简明扼要。”警督十分赞成，随即转向艾克罗伊德太太，“昨天晚上哪些仆人进来过？”

“我想女佣来铺过床。”

“她是谁？你对她有多了解？”

“她刚来家里没多久，”艾克罗伊德太太说，“普普通通的乡下好姑娘呀。”

“我看最好把这事搞清楚，”警督说，“如果是艾克罗伊德先生自己花了钱，恐怕和谋杀之谜也有一定关系。据您看来，其他仆人可靠吗？”

“哦，我觉得都没问题。”

“从前没丢过东西？”

“没有。”

“没人说要辞职，或者诸如之类的事情吗？”

“客厅女仆要辞职。”

“什么时候的事？”

“我记得她是昨天说要离开这里的。”

“向您提出的吗？”

“哦，不，仆人们的事情我不管。家务事是由拉塞尔小姐负责处理的。”

警督沉思片刻，点点头。“我想我最好还是先和拉塞尔小姐说两句。我还想和那个叫戴尔的女佣谈一谈。”

波洛和我陪同他来到女管家的房间。拉塞尔小姐以她惯有的冷静姿态接待了我们。

埃尔西·戴尔来芬利庄园已有五个月。她是个好姑娘，干活利落，人品可靠，表现非常出色，绝不可能偷拿任何不属于她的东西。

那客厅女仆呢？

“她也很优秀。性格安静，挺有教养，做事很卖力。”

“那她为什么要辞职？”

拉塞尔小姐抿紧了嘴：“不关我的事。我知道艾克罗伊德先生昨天下午挑了她的错儿。打扫书房是她的分内工作，估计她弄乱了书桌上的几份文件。艾克罗伊德先生大发脾气，而她当场就提出辞职。至少她是这么告诉我的。不过你们还是当面问问比较好吧？”

警督同意了。午餐时那姑娘曾在一旁服侍，当时我就注意到了她：个子挺高，一头褐色鬈发紧紧地在后脑勺绾成一个发髻，灰色的双眸目光坚定。女管家刚招呼一声，她就进屋来了，站得笔直，那双灰眼睛认真注视着我们。

“你就是厄休拉·伯恩？”警督问。

“是的，长官。”

“听说你要离开了？”

“是的，长官。”

“为什么？”

“我弄乱了艾克罗伊德先生书桌上的文件。他非常生气，于是我说我还是走人吧。他说越快越好。”

“昨晚你去过艾克罗伊德先生的卧室吗？去整理东西或是干别的活儿？”

“没有，先生。那是埃尔西的工作。我从没去过他的卧室。”

“我得告诉你，姑娘，艾克罗伊德先生房里丢了一大笔钱。”

我终于见到她打破冷静，被激怒了的模样。她整张脸都变色了。

“钱的事情我可不知道。如果您认为我是因为偷钱才被艾克罗伊德先生辞退的，那可就大错特错了。”

“我并没指控你偷东西，姑娘，”警督说，“别发这么大脾气。”

女孩冷冷地看着他。

“您可以随意搜查我的东西，”她轻蔑地说，“但只会白费力气。”

波洛突然打岔：“艾克罗伊德先生开除你——或者你主动辞职，是昨天下午的事，对不对？”

女孩点了点头。

“你们的谈话持续了多长时间？”

“谈话？”

“对，你和艾克罗伊德先生在书房里的谈话。”

“我……我不清楚。”

“二十分钟？半个小时？”

“差不多。”

“没超出这个时间？”

“肯定不超过半小时。”

“多谢了，小姐。”

我好奇地望着波洛，他正在重新摆放桌面上的几件物品，非常精确地将它们摆正，双目炯炯有神。

“就这样吧。”警督说。

厄休拉·伯恩走了。警督又转向拉塞尔小姐。

“她来工作多长时间了？您还保存着她的介绍信吗？”

拉塞尔小姐没有回答前一个问题，只是走到旁边一个柜子面前，拉开一个抽屉，取出一沓夹在一起的信件。她从中挑出一封，递给警督。

“嗯，”警督说，“看来没问题。理查德·弗里奥特太太，家住马尔比镇的马尔比农庄。这女人是谁？”

“很善良的乡下人。”拉塞尔小姐说。

“好吧，”警督边说边把信还给她，“我们再来看看另外一个，埃尔西·戴尔。”

埃尔西·戴尔是个高个子的金发姑娘，长相挺讨人喜欢，但稍带点傻气。她干脆利索地回答了我们的提问，对丢钱的事情表现出极大的关注与焦虑。

“我看不出她有什么问题。”把她打发走之后，警督说，“帕克怎么样？”

拉塞尔小姐又紧抿双唇，没有作答。

“我总觉得这人有问题，”警督沉吟道，“但麻烦在于，我看不出他什么时候有机会下手。晚饭过后他就忙得不可开交，而且整个晚上都有完美的不在场证明。我一直在密切调查他的动向，所以很有把握。好了，非常感谢你，拉塞尔小姐。我们先把这件事放一放。很可能是艾克罗伊德先生本人把钱用掉了。”

女管家无动于衷地道了声午安，我们就告辞了。

我和波洛一起离开芬利庄园。

“我很纳闷，”我主动打破沉默，“那姑娘到底弄乱了什么文件，会让艾克罗伊德如此大发雷霆？说不定里面有解开这个谜团的线索。”

“但秘书说过，桌上并没有什么特别重要的文件。”

“是的，不过——”我停住了。

“艾克罗伊德为这么点儿事就发这么大的火，你很奇怪吧？”

“是啊，想不通。”

“但这果真只是一件小事吗？”

“当然，”我承认，“我们不知道那些究竟是什么文件，可雷蒙德说得非常肯定——”

“先不考虑雷蒙德。那姑娘你怎么看？”

“哪一个？客厅女仆？”

“对，客厅女仆，厄休拉·伯恩。”

“似乎挺好的。”我犹豫不决地说。

波洛把我的话重复了一遍，但我的重音放在“好”字上，而他则把重音放在“似乎”上。

“似乎挺好的——没错。”

然后，他沉默了片刻，从口袋里拿出一件东西递给我。

“我的朋友，给你看样东西。瞧这儿。”

他塞过来的正是今早警督开列的那份清单。顺着他的指尖，我发现厄休拉·伯恩的名字旁边有个小小的“×”记号。

“我亲爱的朋友，当时你可能没注意到，但在整份清单中，不在场证明未经确认的人只有一个，就是厄休拉·伯恩。”

“你该不会认为她——”

“谢泼德医生，我敢于设想任何情况。厄休拉·伯恩有可能杀害艾克罗伊德先生，但我得承认，完全看不出她的作案动机。你能吗？”

他死死盯着我——那紧逼的视线令我很不自在。

“你能吗？”他又重复了一遍。

“没有任何动机。”我非常肯定地说。

他的目光放松下来，皱起眉头自言自语：“既然敲诈者是男性，那就不可能是她。那么——”

我咳嗽了一声。

“说到这个问题——”我吞吞吐吐地说。

他猛然转身面对我。

“什么？你想说什么？”

“没什么，没什么。只不过严格说来，弗拉尔斯太太在信中只提到有这么一个人——并没有明确地说是一个男人。但艾克罗伊德和我都相信这家伙是男的。”

波洛好像并没有把我的话听进去。他又喃喃自语：“但这么一来这种可能性是存在的——对，绝对有可能——但这样的话——啊！我得重新理一下思路。方法，顺序，我对它们的需求从未如此迫切。务必一环扣一环，各就各位，否则我就会误入歧途。”

他又停下了，再次转身盯着我。

“马尔比农庄在哪里？”

“在克兰切斯特另一头。”

“离这儿有多远？”

“呃——差不多十四英里。”

“麻烦你去一趟好吗？明天怎么样？”

“明天？我想想。明天是星期天。好吧，可以安排一下。你要我去那里干什么？”

“找到那位弗里奥特太太，尽可能打探厄休拉·伯恩的一切情况。”

“没问题。只不过，我不太乐意干这种事。”

“现在可不是推三阻四的时候。这可关系到一个人的性命。”

“可怜的拉尔夫，”我叹了口气，“不过，你相信他是清白的吧？”

波洛严肃地望着我：“你想听真话？”

“那还用说。”

“那你听好了，我的朋友，现在的所有迹象都显示他是有罪的。”

“不会吧！”我惊叫起来。

波洛点了点头。

“是的，那个愚蠢的警督——他确实愚蠢——看到的种种线索都指向这个结论。而我在追寻真相，偏偏真相一次又一次将我引向拉尔夫·佩顿。动机，机会，手段，全有了。但我一定要让真相水落石出。我向弗洛拉小姐做出了承诺，而那个小姑娘的信念相当坚定，相当坚定啊。”

# 第十一章　波洛登门拜访

第二天下午，按响马尔比农庄的门铃时，我心中有些紧张。我搞不懂波洛究竟想打听什么事。他为什么把这项任务全权托付给我？是因为他想隐身幕后，就像上次让我去盘问布兰特少校一样？对方是布兰特还好理解，而这一次，我就看不出有什么意义了。

一名机灵的客厅女仆前来开门，打断了我的思绪。

是的，弗里奥特太太在家。我被领到一间宽敞的客厅。在等候女主人的时候，我好奇地环顾四周，只见一间空荡荡的大屋子，摆了几件不错的老式瓷器，几幅漂亮的铜版画，地毯和窗帘有些陈旧，一看便是一位女士的房间。

我正欣赏墙上那幅巴托洛奇[1]的作品时，弗里奥特太太走了进来。她身材高挑，褐色头发有些蓬乱，笑容非常迷人。

“您是谢泼德医生？”她不太确定地问。

①弗朗西斯科·巴托洛奇（Francesco Bartolozzi，1725—1815），意大利著名版画家。

“我就是，”我答道，“贸然来访，实在冒昧。我是想从您这里了解一下从前受雇于您的一名客厅女仆的情况，她叫厄休拉·伯恩。”

一听到这个名字，她的笑容顿时消失了，友善的态度也结了冰。她看起来相当不自在，很不舒服。

“厄休拉·伯恩？”她踌躇着说。

“是的，”我说，“您可能不记得了？”

“哦，不，当然不，我……我对她印象很深。”

“据我所知，她离开您才刚过一年？”

“对。对，没错。您说得很对。”

“那么，她在这里工作的时候您对她的表现还满意吗？对了，她服侍您有多长时间？”

“哦，一两年吧——我记不清了。她……她非常能干，我保证您一定会发现她是个令人满意的仆人。我不知道她要离开芬利庄园，完全没料到。”

“能不能介绍一下她的情况？”我又问。

“任何情况？”

“是啊，她是哪里人，父母是谁——这一类的。”

弗里奥特太太的脸更僵硬了。

“我完全不知道。”

“她来您这儿之前是在谁家干活？”

“恐怕我不记得了。”

此时她的紧张神态中已隐隐浮起一丝怒气。她捋了捋头发，这动作似乎有些眼熟。

“这些问题有什么必要吗？”

“那倒不是，”我带着惊讶和歉意说，“我没想到您会介意，真不好意思。”

她的怒气消失了，又变得困惑起来。

“哦，我没有介意，真的没有。我为什么要介意？只是……只是觉得有点奇怪，你知道，就是这样，有点奇怪。”

身为职业医生的一大优势，就是总能看穿对方是否在撒谎。单凭弗里奥特太太的谈吐，我一眼就看出她的确对我的问题非常介意——简直介意到了极点。她坐立不安，心神不宁，这其中显然大有文章。据我判断，她是个极不善于说假话的女人，所以当她不得不违心作答时，难免就异常局促慌乱。这连三岁小孩都瞒不过。

但很明显，她不想再对我多透露什么了。无论厄休拉·伯恩身上藏有怎样的秘密，从弗里奥特太太口中也只能查到这里为止。

我再次为打扰她致歉，然后拿起帽子告辞，无功而返。

我顺路探视了几个病人，六点钟左右才到家。卡洛琳坐在桌旁，桌上摆着吃剩的茶点。我看得出，她正竭力抑制内心的欢欣雀跃，因为那副表情我早就司空见惯了。她要么刚刚打听到了什么重大消息，要么就是刚刚把内幕散播出去，我不禁揣测村里又出了什么大新闻。

“今天下午太有意思了。”我刚坐进安乐椅，把脚伸到暖洋洋的壁炉旁，卡洛琳就开口说。

“是吗？”我应道，“甘尼特小姐来喝茶了？”

甘尼特小姐是村里“长舌团”的主力军之一。

“再猜。”卡洛琳沾沾自喜。

我又猜了好几次，好不容易将卡洛琳的智囊团成员猜了个遍。每猜一次，姐姐都胜利地摇头否定。最后她总算憋不住了。

“是波洛先生！”她说，“哎，你怎么看？”

我有很多想法，但在卡洛琳面前却尽量不动声色。

“他来干什么？”我问。

“当然是来看望我。他说啊，既然和弟弟这么熟悉，就巴不得能有幸结识一下他那位迷人的姐姐——你迷人的姐姐，我都糊涂了——反正你明白我在说什么。”

“那他都说什么了？”我又问。

“他讲了好多自己的经历，还有办过的那些案子。你知道毛里塔尼亚的那位保罗王子吧——刚和一名舞蹈演员结婚的那个？”

“他怎么了？”

“前几天我刚在《社会剪影》中看到一篇和她有关的小文章，很有趣，里头暗示这演员其实是俄国的一位女大公——也就是沙皇的女儿——设法从布尔什维克手下逃了出来。哎，波洛好像侦破了一桩牵扯到他们俩的谋杀案。

保罗王子对他感恩戴德。”

“那王子有没有送他一枚领带夹，上面镶嵌鸟蛋大小的翡翠呢？”我故意讽刺了一句。

“这他倒没说。怎么了？”

“没什么，”我说，“我还以为最后免不了这一套。不管怎么说，侦探小说里可都是这么写的。大侦探的房间里堆满了红宝石啦、珍珠啦、翡翠啦，都是那些感激涕零的皇家委托人双手奉上的。”

“听这些内幕消息真激动人心。”姐姐扬扬自得。

对卡洛琳而言肯定是这样。我不由对赫尔克里·波洛先生的足智多谋钦佩有加，他从自己侦破过的疑案中，准确无误地挑出了对住在小村子里的年长妇女最具杀伤力的那一件。

“那他有没有告诉你，那位舞蹈演员究竟是不是真的女大公？”我追问道。

“他不方便透露。”卡洛琳一本正经地说。

我很怀疑波洛在和卡洛琳聊天时究竟透露了多少真相——恐怕一句都没有。他只要把错误的暗示隐藏在挤眉弄眼、扭头耸肩中就好了。

“听了这些故事，”我质问道，“你就打算当他的跟屁虫了？”

“别说得这么难听嘛，詹姆斯。真搞不懂你从哪儿学来这些粗话。”

“基本上是从我和外界唯一的联系纽带——我的病人们那儿听来的。很不幸，干我们这一行，可没福气见到什么亲王和有趣的俄国流亡者之类的人物。”

卡洛琳推推眼镜，瞪了我一眼。

“你今天真暴躁，詹姆斯。肯定是肝火过旺，晚上吃颗蓝色的药丸吧。”

但凡在我家里见到我的人，都想象不到我本人居然是个医生。我们家的医生是卡洛琳，她不仅给自己开处方，连我该吃什么药都由她包办。

“去他的肝火，”我怒气冲冲地说，“你们是不是讨论了这起谋杀案？”

“唔，那当然，詹姆斯。在我们这种小地方，哪里还有其他话题？我成功地纠正了波洛先生的几个看法，他不光千恩万谢，还夸我天生就是当侦探的料——说我拥有杰出的心理洞察力，能一举看穿人性。”

卡洛琳活像一只被喂饱了奶油的猫，骄矜地打着呼噜。

“他大谈特谈小小灰色细胞以及它们的功用，还说他自己的灰色细胞质量是第一流的。”

“他这么说也不奇怪，”我酸溜溜地评论道，“反正‘谦逊’也不是他的中间名。”

“你可别像美国佬那么傲慢，詹姆斯。他认为眼下最要紧的是尽快找到拉尔夫，劝他赶紧出面证明自己的清白。他还说到了验尸审讯的时候，拉尔夫的失踪会让人对他产生非常不好的印象。”

“那你怎么回答？”

“我赞成他的看法，”卡洛琳煞有介事地说，“我已经把人们都在谈论的事情告诉他了。”

“卡洛琳，”我正色道，“你把那天在树林里听来的对话也告诉波洛先生了？”

“是啊。”卡洛琳分外得意。

我站起身，来回踱步。

“但愿你能意识到自己都干了些什么，”我按捺不住了，“你这明摆着是拿绞索往拉尔夫·佩顿的脖子上套啊！”

“才不是，”卡洛琳不为所动，“你居然没告诉过他，我还挺惊讶的。”

“我一直小心保密，”我说，“我特别喜欢那孩子。”

“我也是，所以才说你是胡说八道。我才不相信拉尔夫会杀人，实话实说不至于对他有什么坏处。而且我们应该尽全力协助波洛先生。哎，你想想看，谋杀当晚拉尔夫很可能和同一个姑娘出去约会了，如果是真的，那他就有完美的不在场证明了。”

“如果他拥有完美的不在场证明，”我反诘道，“怎么一直不出来讲清楚？”

“也许那会让姑娘陷入麻烦。”卡洛琳自作聪明地说，“但只要波洛先生找到她，动之以情晓之以理，她肯定会挺身而出，为拉尔夫洗清不白之冤。”

“你好像自娱自乐地编了个浪漫的童话故事。”我说，“你读的垃圾小说太多了，卡洛琳，我都说过多少次了。”

我又坐回椅子里。

“波洛还问了些什么？”我又问道。

“只问了问那天早上你接待的病人。”

“病人？”我追问道，不敢相信自己的耳朵。

“对啊，你的外科病人。有多少，都是谁，等等。”

“这些你居然都能说得上来？”我不禁大感惊奇。

卡洛琳是个奇迹。

“怎么不能？”她趾高气扬地反问，“从这扇窗子望去，通往诊所前门的小路看得一清二楚。何况我的记性又那么出众，不知比你强多少倍呢，詹姆斯。”

“算你厉害。”我像泄了气的皮球似的嘟囔着。

姐姐掰着指头数起名字来。

“有老贝尼特太太；从农场来的那个弄伤手指的男孩；多莉·格莱斯来拔她手指里的刺；从船上下来的美国乘务员。我想想——这就有四个了。对了，还有老乔治·埃文斯来看他的溃疡。最后一个嘛——”

她意味深长地拖着长音。

“还有呢？”

卡洛琳成功抛出了酝酿已久的高潮，得意忘形，口中嗞嗞有声——偏偏她报出的这名字里“s”的发音还特别多。

“拉塞尔小姐！”

她坐回椅子上，饱含深意地盯着我。当卡洛琳饱含深意地盯着你时，想躲都躲不掉。

“我听不懂你的意思，”我故意装傻，“拉塞尔小姐膝盖有毛病，难道就不能来找我看看？”

“膝盖有毛病？”卡洛琳嗤之以鼻，“胡说八道！她的膝盖和我们的一样健康。她另有企图。”

“什么企图？”我忙问。

卡洛琳不得不承认她也不知道。

“但可想而知，这就是他想要弄清楚的问题——我指的是波洛先生。那女人有点靠不住，他心里很明白。”

“你这套理论和昨天艾克罗伊德太太灌输给我的差不多，”我说，“她也说拉塞尔小姐鬼鬼祟祟。”

“啊！”卡洛琳气呼呼地说，“艾克罗伊德太太！又一个！”

“又一个什么？”

卡洛琳拒绝解释。她只是不断点头，然后卷起手中的毛线活儿，上楼去穿那件淡紫色的高领绸衫，还要戴上金首饰。这就是她所谓的更衣就餐。

我呆坐原地，凝视着炉火，心中反复琢磨着卡洛琳的话。波洛果真是来打探拉塞尔小姐的情况吗？抑或只是卡洛琳那无事生非的头脑将任何小事都按她的思路来理解？

拉塞尔小姐那天早晨的一举一动，确实没有任何令人生疑之处。至少——

我想起来了，她总绕着吸毒的话题打转——然后又将话头引向各种毒药和下毒手法。可此案和下毒没关系，艾克罗伊德又不是被毒死的。不过这仍然是件奇怪的事……

卡洛琳在楼上尖声叫喊：“詹姆斯，饭菜都快凉了。”

我往壁炉里投了几块煤，乖乖上楼。

只要家里能和平，我愿意付出任何代价。

# 第十二章　家庭会议

联合验尸审讯于星期一举行。

我不想详述此次审讯的烦琐经过，否则难免一遍遍重复同样的程序。警方事先也已交代过，不得披露过多内情。我只就艾克罗伊德的死因和大致的死亡时间提供了一些证据。验尸官对拉尔夫·佩顿的缺席颇有微词，但并未着重强调。

审讯结束后，波洛和我与拉格伦警督谈了几句。警督一脸严肃。

“非常不妙，波洛先生，”他说，“我尽量秉公办事，毕竟我是本地人，在克兰切斯特也和佩顿上尉打过好几次交道。我也不希望他是罪犯——但情况无论从哪个角度来看都很不妙。假设他是无辜的，为什么不肯露面？我们握有对他不利的铁证，可也许经他一解释，还是有望澄清的。究竟他为什么不出来解释一下？”

警督话中另有深意，当时我并不明白。警方已经向全英国的所有港口与火车站发去电报，通报拉尔夫的体貌特征，各地警方都已严阵以待。警方还在他城里的住处，以及他经常出没的各种场所布下眼线。如此严密的天罗地网，拉尔夫只怕插翅也难飞。他没带行李，而且据目前所了解的情况看，他也身无分文。

“他在本地名气这么大，那天晚上在车站应该有人注意到他才对，”警督接着说道，“可我一个证人也找不出来。利物浦方面也没有他的消息。”

“您认为他去了利物浦？”波洛问道。

“哎，这不是明摆着嘛。那个电话从车站打来三分钟之后，开往利物浦的快车就启程了——这中间一定有关联。”

“除非这是有意把你引开。说不定那通电话的用意就是这样。”

“这也是一种思路，”警督急忙说，“你当真认为那通电话是这个目的？”

“朋友，”波洛认真地说，“我也不知道。但我可以告诉你：我相信当我们破解了电话疑云，谋杀案也就真相大白了。”

“我记得先前你也说过类似的话。”我好奇地望着他。

波洛点了点头。

“我的推理总绕回这一点。”他神色庄重。

“我觉得这个问题完全无关大局。”我断言。

“我不会这么说，”警督提出异议，“不过坦白地讲，我也觉得波洛先生未免太过纠缠这一细节了。我们还有更具价值的线索，比方说，短剑上的指纹。”

波洛的举止突然变得非常不可理喻，每当他感到兴奋时就这样。

“警督先生，”他说，“可得谨防走进那个死的——死的——那个词是什么来着——没有出口的小路？”

拉格伦警督目瞪口呆，幸亏我反应及时。

“你是说别钻进死胡同对吧？”我说。

“没错——钻进死胡同，无路可走。那些指纹可能会让您停滞不前。”

“听不懂，”警督说，“难道你在暗示指纹是伪造的？小说里常有这种套路，但在我的办案生涯中还从没遇到过。不管它们是真是假——总会让我们向前走一步。”

波洛微微耸耸肩，双手一摊。

警督把很多张放大后的指纹照片拿给我们看，从技术角度讲解“环路”和“螺纹”等知识。

“好了好了，”他最后被波洛那爱答不理的派头给惹火了，“你总得承认，这些指纹是那天晚上艾克罗伊德家里某个人留下的吧？”

“当然。”波洛边说边点头。

“那好，我已经取到了家里所有人的指纹——注意，是所有人，上至老太太，下至帮厨女佣。”

我想艾克罗伊德太太肯定不乐意被人唤作老太太，她一定在化妆品上花了不少钱。

“所有人的指纹。”警督毫无必要地又强调了一次。

“也包括我的。”我不无讥讽地说。

“非常好。没有一个人的指纹能对得上号。这就只剩下两种可能：短剑上的指纹要么是拉尔夫·佩顿的，要么来自医生遇见的那个陌生人。等我们找到这两人之后——”

“就已经浪费了大量宝贵的时间。”波洛打断了他。

“我不明白你的意思，波洛先生。”

“你刚才说弄到了房子里所有人的指纹，”波洛低声说，“果真如此吗，警督先生？”

“当然了。”

“没有漏掉任何人？”

“没有漏掉任何人。”

“无论是生是死？”

警督以为遇到了宗教问题，一时间摸不着头脑，过了一阵才慢慢地问：“你是指——”

“死人的指纹，警督先生。”

警督依然用了一两分钟去理解。

“我是想告诉你，”波洛平心静气地说，“剑柄上的指纹是艾克罗伊德先生本人的。这很容易查证，他的尸体还在。”

“可为什么？这又能说明什么？你该不会在暗示他是

自杀的吧，波洛先生？”

“啊，不。我的理论是，凶手当时戴着手套，或者在手上缠了什么东西。行刺得手之后，凶手又拿起死者的手紧紧握了握剑柄。”

“这么做的目的是？”

波洛又耸耸肩。

“让本来就扑朔迷离的案情更加复杂难解。”

“那好，”警督说，“我这就去验一验。你一开始怎么会往这方面想？”

“当您好心为我们出示短剑，让我们逐一比对剑柄上的指纹时，我就发现了。我对环路和螺纹之类一窍不通——瞧，我坦白了自己的无知。但我注意到指纹的位置有些别扭，如果我要拿它杀人，绝不会采用那种握法。右手举过肩膀后方，显然很难用剑准确刺中要害。”

拉格伦警督瞠目结舌地瞪着他。波洛却满不在乎地掸了掸衣袖上的灰尘。

“好吧，”警督说，“这也是一种理论。我马上去核实一下。如果扑了个空，你可别失望。”

他的口气已经尽量温和，却仍带有几分居高临下的味道。波洛目送他出门，转身对我眨眨眼。

“下次我得多体谅他的自尊心。”他说，“现在我们就忙自己的吧。我的好朋友，你看我们召集一次‘家庭小聚’如何？”

波洛所谓的“家庭小聚”半小时后就开场了。我们围坐在芬利庄园餐厅里的圆桌旁，波洛坐在首席，像一位主持会议的董事长；仆人们没有到场，所以总共是六个人：艾克罗伊德太太、弗洛拉、布兰特少校、年轻的雷蒙德、波洛，还有我。

人到齐之后，波洛站起来鞠了一躬。

“先生们，女士们，我将各位召集起来是有原因的。”他顿了顿，又说，“首先，我对这位小姐有一个非常特别的请求。”

“我？”弗洛拉问道。

“小姐，您是拉尔夫·佩顿上尉的未婚妻，这个世界上他最信任的人就是您了。我真心诚意地恳求您，如果知道他的下落，请务必劝他站出来。请稍等——”弗洛拉抬头正想开口。“等您想清楚了再发言也不迟。小姐，他的处境一天比一天危险。如果他立刻现身，无论事实对他多么不利，都还有机会澄清。但如果他保持沉默，一走了之，这说明了什么？只会有一个结论，就是他承认自己有罪。小姐，如果您真的相信他是清白的，请说服他尽快出面，否则就来不及了。”

弗洛拉脸上顿时血色尽失。

“来不及了！”她重复着，声音非常低。

波洛倾身向前望着她。

“你得明白，小姐，”他好言相劝，“是波洛老爹在拜托您啊。波洛老爹见识丰富，知道很多事情。我并不是在给您下套，小姐。难道您还不信任我，不肯把拉尔夫·佩顿的藏身之处告诉我吗？”

弗洛拉起身直视波洛。

“波洛先生，”她一字一句地回答，“我对您发誓——郑重发誓——我完全不知道拉尔夫在什么地方。无论是发生谋杀案那天，还是在那之后，我既没见过他，也没收到过他的消息。”

她又坐下了。波洛默默地注视她一阵，然后用手在桌上清脆地一叩。

“好！那就这样。”他面色严肃，“现在我要恳请在座其他诸位，艾克罗伊德太太、布兰特少校、谢泼德医生、雷蒙德先生，你们都是失踪者的亲朋好友，如果你们有谁知道拉尔夫·佩顿的藏身之处，请说出来。”

长久的静默。波洛的目光依次扫过众人。

“我恳求你们，”他低声说，“请说出来吧。”

但依然没人出声。最后还是艾克罗伊德太太打破了沉默。

“我不得不说，”她悲悲戚戚地说，“拉尔夫的失踪真是太古怪了——确实非常古怪。都到这种时候了还躲着不露面，哎，看来一定有隐情。亲爱的弗洛拉，我忍不住在想，你们订婚的消息还没正式公布，真是不幸中的万幸。”

“妈妈！”弗洛拉生气地大喊。

“天意，”艾克罗伊德太太喃喃地说，“我虔诚地相信冥冥中自有天意——神灵决定了每个人的命运，莎士比亚的优美诗句就是这么写的。”

“艾克罗伊德太太，您自己脚踝太粗，总不会也是全能的上帝所赐吧？”杰弗里·雷蒙德不负责任地笑起来。

我想他的本意是缓和一下紧张的气氛，但艾克罗伊德太太恨恨地瞪了他一眼，摸出手绢。

“弗洛拉差一点就陷进一桩恐怖的丑闻和惨剧。我本来坚决不相信亲爱的拉尔夫和可怜的罗杰之死有什么瓜葛，他不可能下得了手。我这人特别容易信任别人——从小就这样，最讨厌把人往坏处想。但是，当然了，大家肯定还都记得，拉尔夫小时候经历过好几次空袭，听人说，那种影响要很久以后才会显现出来。他们完全无法为自己的行为负责，你知道，失去了控制，无能为力。”

“妈妈，”弗洛拉惊呼，“您该不会认为凶手是拉尔夫吧？”

“够了，艾克罗伊德太太。”布兰特说。

“我脑子里乱成一团，”艾克罗伊德太太抹着眼泪，“这太令人难过了。我在琢磨，如果拉尔夫有罪，这笔家产该怎么处理？”

雷蒙德粗鲁地将他的椅子从桌旁推开。布兰特少校则依旧不动声色，若有所思地打量着她。

“哎，就像弹震症，”艾克罗伊德太太坚持说下去，“我敢说罗杰在金钱上对他管得很严——当然这也是为他好。看得出来，你们都不同意我的看法，可我就是想不通拉尔夫为什么不露面。谢天谢地，弗洛拉和拉尔夫订婚的消息从没正式公布过。”

“明天就宣布。”弗洛拉朗声说道。

“弗洛拉！”她母亲震惊得无以复加。

弗洛拉扭头对秘书说：

“麻烦你给《晨报》寄一份公告好吗？还有《泰晤士报》，拜托了，雷蒙德先生。”

“如果你确定这样明智的话，艾克罗伊德小姐。”雷蒙德严肃地回答。

冲动之下，她又转向布兰特。“您应该理解，”她说，“我还能怎么办？到了这个地步，我必须站在拉尔夫一边。您难道不了解，我别无选择吗？”

她用热切的目光探询地看着他。过了很久，布兰特突然点了点头。

艾克罗伊德太太不由得尖声叫嚷起来。弗洛拉不为所动。这时雷蒙德开口了。

“您的出发点我很赞赏，艾克罗伊德小姐，但这未免有点轻率吧？再等一两天吧。”

“就明天，”弗洛拉明确地说，“妈妈，再这么拖下去没有好处。无论如何我都不能对朋友不忠实。”

“波洛先生，”艾克罗伊德太太泪流满面地恳求道，“您就不能说几句话吗？”

“没什么可说的，”布兰特插进来，“她做得很对。无论发生什么我都会支持她。”

弗洛拉向他伸出手。

“谢谢你，布兰特少校。”她说。

“小姐，”波洛说，“请允许我这老头子向您的勇气和忠诚致敬。如果我冒昧请求您——最最郑重地请求您——至少再推迟两天宣布婚事，您应该不会误解我吧？”

弗洛拉犹豫了。

“我的请求，既是为了拉尔夫·佩顿的利益考虑，也是为您着想，小姐。您皱起眉头了，看来还没理解我的意图。但我可以保证，推迟宣布有百利而无一弊。这不是开玩笑。是您把这个案子交到我手中的，现在请您别打乱我的计划。”

弗洛拉过了好一会儿才回答。

“我不喜欢这样，”她最后说，“但我会按您说的办。”

她又坐回桌旁。

“那么，先生们，女士们，”波洛语速很快，“我继续先前的发言。请注意，我的目标是查清真相，无论真相本身多么丑陋，对追寻它的人而言，都将是新奇和美妙的。我这把年纪，精力大不如前，”他停顿了一下，显然巴望有人反驳这句话，“这很可能是我调查的最后一个案子。但赫尔克里·波洛不会用一次失败来画上句号。先生们，女士们，我正式告知诸位，我要知道真相，而且我一定会知道——无论你们怎样横加阻挠。”

他最后这句话里的挑衅意味挥之不去，像是直接甩到我们脸上一样。众人不由都有些畏缩，唯有杰弗里·雷蒙德仍旧保持着和平时一样的幽默态度，泰然自若。

“您说‘无论我们怎样横加阻挠’，是什么意思？”他的眉毛微微一挑。

“就是说，先生，这间屋子里的每个人都对我隐瞒了一些事，”他挥挥手，原本喃喃自语的声音越变越大，气愤不已，“得了，得了，我心里都有数。也许这些事无足轻重，表面看来与本案毫无瓜葛，但确实存在。你们每个人都对我隐瞒了一些事。得了，难道我说错了吗？”

他那包含了挑战与责备的目光横扫全桌，人人都随之低下头，不敢正视。对，连我也未能幸免。

“请回答我，”波洛带着奇怪的笑容，从座位上站起来，“恳请诸位告诉我实情——全部实情。”

鸦雀无声。

“没人有话要说？”

他又笑了一声，同样奇怪的笑。

“太糟糕了。”说完他就离开了房间。

# 第十三章　鹅毛管

当晚，波洛邀请我晚饭后到他家去。卡洛琳非常不情愿地看着我离开，她肯定巴不得陪我一起去。

波洛热情地款待了我。一张小桌上摆着一瓶爱尔兰威士忌（我不喜欢这种酒）、苏打水虹吸瓶和玻璃杯。他自己喝的则是亲手调制的热巧克力。这是他最喜爱的饮料，后来我才知道的。

他礼貌地问我姐姐好，说她是他见过的最有意思的女人。

“我看她被你哄得头都晕了，”我冷冷地说，“星期天下午是怎么回事？”

他大笑起来，眨着眼睛。

“我喜欢请教专家。”他这样评论道，但不愿进一步解释。

“反正村里的风言风语你都听到了，”我说，“不管它们是真的还是假的。”

“我得到了很多有价值的信息。”他平静地补充。

“比如——”

他却摇了摇头。

“你为什么不告诉我？”他反问，“在这种地方，拉尔夫·佩顿的所作所为不可能逃过别人的眼睛。即便你姐姐那天没有刚好穿过树林，别人也会发现他们。”

“就算是吧，”我生气地质问，“可你为什么对我的病人那么感兴趣？”

他又眨眨眼。“只有其中一位而已，医生，只有一位。”

“最后那位？”我冒险猜测。

“我发现拉塞尔小姐很值得研究。”他闪烁其词。

“难道你跟我姐姐和艾克罗伊德太太一样，也认为她有些滑头？”我问道。

“什么？你说什么——滑头？”

我尽可能为他解释了这个词。

“这是她们说的？”

“我姐姐昨天下午不就通通告诉你了吗？”

“她们的看法不无可能。”

“但却毫无根据。”我说。

“女人啊，”波洛总结道，“真了不起！随便一猜却能奇迹般地命中真相。其实这也是有原因的。女人善于在不知不觉间捕捉到许多细节，她们的潜意识会自行将这些细节组合起来——然后把得出的结果叫作直觉。在心理学方面，我是专家，这些我都懂。”

他自命不凡地挺起胸膛，模样极其滑稽，我好不容易才憋住了没捧腹大笑。然后他啜了一小口巧克力，细心地揩了揩他的八字胡。

“希望你能告诉我，”我脱口而出，“你对此案的看法究竟是怎样的。”

他放下杯子。

“你想知道？”

“是啊。”

“我看见的东西你也看见了，难道我们的看法会不一致吗？”

“恐怕你是在嘲笑我，”我口气生硬，“我对这种事情当然经验全无。”

波洛慈祥地对我笑了笑。

“你就像个渴望了解机器工作原理的孩子。你想探析案情，却不是从家庭医生的角度，而是要用一个对谁都不了解也不关心的侦探的眼光——对侦探而言，所有涉案人员都是陌生人，嫌疑完全均等。”

“你说得非常准确。”我由衷称赞。

“那我来给你小小地上一课。首先得理清案发当晚的种种头绪——记住，证人可能撒谎。”

我扬起眉。“这不会疑心太重吗？”

“这很有必要——我保证，非常有必要。从头开始。谢泼德医生八点五十分离开大宅。我是怎么知道的？”

“是我告诉你的。”

“但你可能没说实话——又或者你的手表不准。但帕克也说你是八点五十分离开的，所以这一点可以先采信，继续往下看。九点整，你撞见了一个人——我们可以把它叫作‘与神秘陌生人的奇遇’——地点就在庄园大门外。我又怎么知道确有其事？”

“是我告诉你的啊。”我照样回答，却被波洛不耐烦地挥手打断。

“啊，今天晚上你的头脑可不太好用，我的朋友。你的确知道——可我怎么判别这件事的真实性？好吧，我之所以能肯定这神秘陌生人不是你的幻觉，是因为在你遇见他之前，甘尼特小姐的女仆已经看见他了，而且他也向她打听去芬利庄园怎么走。由此可以确认，的确有这么一个人，而且关于他的两个特征都很明确——第一，他对这一带很陌生；第二，无论他去芬利庄园出于什么目的，都谈不上隐秘，因为他光问路就问了两次。”

“是的，”我说，“我懂了。”

“接下来我的任务，就是进一步挖掘这位神秘人的背景。我得知他在‘三只野猪’喝了杯酒，而且那儿的女招待还说，他带有美国口音，自称刚从美国回来。你注意到他有美国口音了吗？”

“嗯，确实有，”我回想一阵才答道，“但不太明显。”

“对。还有这件东西，记得吗，之前我在凉亭里捡到的。”

他将那根小鹅毛管递到我眼前。我好奇地察看一番，突然，我记起了曾经看过的小说里的情节。

波洛一直注视着我的脸，见我恍然大悟，便点了点头。

“不错，海洛因。‘白粉’。吸毒者就拿这种管子，把白粉从鼻子里吸进去。”

“盐酸二乙酰吗啡。”我条件反射地说出了术语。

“这种吸毒方式在大洋彼岸司空见惯。这又是一项证据，说明那人来自加拿大或美国。”

“你怎么想到关注那座凉亭的？”我大为好奇。

“警督先生认为，任何人要进屋都得抄那条小路。但我一看见那座凉亭就意识到，如果有人利用那座凉亭见面，那也是必经之路。已经能够明确的是，神秘陌生人既没去前门，也没到屋后。那么会不会有人从大宅里出来和他碰头？果真如此的话，还有什么地方比那座凉亭更方便呢？我怀着希望去凉亭找线索，果然就有两大发现：一小块丝绢，以及这根鹅毛管。”

“那块丝绢怎么了？”我更加好奇，“那又有什么文章？”

波洛眉头一扬：“你没有启用小小的灰色细胞，”他冷冷地说，“这块上过浆的丝绢意味着什么，一眼就能看出来。”

“我就看不出。”我换了个话题，“不管怎样，神秘人是去凉亭赴约的，那么和他见面的会是谁？”

“问得好。”波洛说，“还记得吗，艾克罗伊德太太和她女儿是从加拿大搬来的？”

“你今天指责她们隐瞒实情，原来用意在这儿？”

“可以这么说。再看另一个问题。客厅女仆讲的那个故事，你有什么意见？”

“什么故事？”

“关于她被解雇的那些话。解雇一名仆人需要花半个小时吗？所谓重要文件，可信度有多高？别忘了，虽然她自称从九点半到十点都待在自己的卧室里，却没人能证明。”

“你把我搞晕了。”我说。

“我可觉得案情越来越明朗。不过，还是请你谈谈自己的观点，以及相应的论据。”

我从口袋里摸出一张纸。

“只是草草记下几条拙见而已。”我怯生生地说。

“非常好——你也会运用方法论了。我洗耳恭听。”

我有点不好意思地念起来。

“首先，要用逻辑思维看问题——”

“可怜的黑斯廷斯从前也总这么说，”波洛打岔道，“但麻烦的是，他从来都做不到。”

“第一——九点半，有人听到艾克罗伊德先生和某人谈话。

“第二——案发当晚，拉尔夫·佩顿肯定从窗户进过书房，鞋印就是证据。

“第三——艾克罗伊德先生当晚情绪紧张，所以只可能让熟人进屋。

“第四——九点半跟艾克罗伊德在一起的那个人是来要钱的。而拉尔夫·佩顿目前手头拮据。

“根据以上四点可以看出，九点半和艾克罗伊德先生在一起的人就是拉尔夫·佩顿。但我们已经知道，九点四十五分的时候艾克罗伊德先生还活得好好的，因此拉尔夫·佩顿并不是杀害他的凶手。拉尔夫离开时没关窗，后来凶手就是从窗户进来的。”

“那么凶手是谁？”波洛问道。

“那个从美洲来的人。他很可能与帕克是一伙的，而敲诈弗拉尔斯太太的人多半就是帕克。如果这一点成立的话，估计帕克听到了足够多的消息让他意识到大事不妙，告诉了他的同伙，将那柄短剑交给他，由其执行谋杀。”

“这是一种理论。”波洛也承认，“说明你有这方面的脑细胞。但还有很多细节没解释清楚。”

“比如——”

“那通电话，还有那把被推动过的椅子——”

“那把椅子真的那么重要？”我打断他。

“也许没多大关系，”我的朋友承认，“可能只是偶然被雷蒙德或布兰特拉出来的，然后在情绪高度紧张的情况下不知不觉地推回了原处。然后，还有那不翼而飞的四十英镑。”

“艾克罗伊德把钱给拉尔夫了吧，”我提出看法，“也许他起先不肯给钱，后来又回心转意了。”

“还有一个问题没解决。”

“什么问题？”

“布兰特为什么那么肯定九点半和艾克罗伊德先生在一起的是雷蒙德？”

“他已经解释过了。”我说。

“你觉得他的理由靠得住？这个问题我暂且不追究。现在试着回答这个问题：拉尔夫·佩顿失踪的原因是什么？”

“这可很难说，”我吞吞吐吐，“我只能从医生的角度考虑，拉尔夫肯定精神失常了！假设他突然发现，自己刚离开几分钟，继父就惨遭谋杀——而且他还刚和死者大吵一架——他很可能陷入了恐慌，急急忙忙地逃走了。嫌疑人看似形迹可疑，实际上却很无辜，这也是常事。”

“没错，”波洛说，“但还有一个因素不容忽视。”

“我知道你要说什么，”我接过话来，“动机。拉尔夫·佩顿的继父一死，他就能继承一大笔财产。”

“这只是动机之一。”波洛说。

“之一？”

“是的。你发现了吗，摆在我们面前的是三种互不关联的动机。那个蓝色信封和里头的信肯定被人偷走了，这是动机之一：勒索！勒索弗拉尔斯太太的人有可能就是拉尔夫·佩顿——哈蒙德怎么说来着？拉尔夫·佩顿最近没向继父要钱，他似乎另找了棵摇钱树。第二个动机就是——用你刚才的原话——他手头拮据？他怕自己陷入困境的理由传到继父耳朵里。最后一个动机你刚才已经提过了。”

“天哪，”我震惊不已，“这简直百分百对他不利了。”

“是吗？”波洛说，“我不敢苟同。三种动机——未免太多了吧。说到底，我仍然倾向于拉尔夫·佩顿是清白的。”

# 第十四章　艾克罗伊德太太

经过我记录下来的上述这场夜谈，案情在我眼中似乎进入了全新的阶段。案件经过可以一分为二，非常清楚，界限分明。前半部分从星期五晚上艾克罗伊德之死到第二周的星期一晚上。我对这个阶段的记录完全平铺直叙，与赫尔克里·波洛的所见所闻一致。我一直紧随波洛，所见所闻与他不差分毫，并且竭尽所能揣摩他的心思——不过现在看来我是白费力气了。虽然波洛不吝与我分享他的发现——比如那个订婚戒指——但他所重视的关键信息和由此形成的逻辑推论却从未说出口。后来我才知道他这人一贯口风很紧，也许会抛出一些暗示与建议，但也仅限于此了。

刚才说过，直到星期一晚上，我所记叙的案情始末可以替换为波洛本人的视角，他是福尔摩斯，我是他身边的华生。但过了星期一我们便分头行动，波洛自己忙自己的。他的行动我也屡有耳闻，因为在金斯艾伯特，任何风吹草动都会传得尽人皆知。但他不再事先通知我要做什么，何况我也有事要办。

如今回想起来，令我印象最深的是，那段时间可谓千头万绪，错综复杂。每个人对谋杀案都有自己的看法，好比玩拼图游戏，人人都能贡献一点小智慧或小发现。但他们无法更进一步，唯有波洛才能将无数碎片归整拼成图形的全貌。

有些小事当时看来与案情无关，也显得毫无意义，比方说黑靴子的问题。不过这件事等一下再说……我还是严格遵照时间顺序，从艾克罗伊德太太请我去看病说起。

星期二一大早她就派人来请，病情似乎非常紧急。我急忙赶过去，还以为她已经快不行了。

艾克罗伊德太太卧床不起，所以也省去了一番客套礼数。她伸出枯瘦的手，又指了指一把椅子，意思是让我把椅子拉到床边坐下。

“唔，艾克罗伊德太太，”我说，“您哪里不舒服？”

我假惺惺地摆出全科医生对病人应有的关切之情。

“我整个人都垮了，”艾克罗伊德太太有气无力地说，“彻底垮了。可怜的罗杰这一死，对我打击太大了。唉，大家都说，这种感觉通常不会立刻出现，过段时间才会显现出来。”

很遗憾，受医生的职业立场所限，我无法畅所欲言。要是能回敬她一句“胡说八道”，让我干什么都愿意。

我硬生生把这句话吞回去，并向她推荐了一剂补药，她欣然接受。戏演到这儿，第一幕也就可以收场了。我压根儿不相信她请我来是因为艾克罗伊德之死而受了惊吓。但艾克罗伊德太太无论谈什么话题，从来都不肯打开天窗说亮话，总要扭捏着绕几个弯子。我实在想知道她找我来究竟怀着什么目的。

“还有那场面——昨天的场面。”病人接着说道。

她停了下来，似乎在期待我领会弦外之音。

“什么场面？”

“医生，您怎么了？难道忘了？那可怕的矮个子法国佬——法国人还是比利时人来着？——管他是谁呢，居然那样恐吓我们，气死我了。这比罗杰的死还让我难受。”

“太糟糕了，艾克罗伊德太太。”我说。

“我真不知道他想干什么——居然那样大吼大叫。我完全明白我的责任，怎么可能隐瞒事实？我已经尽全力配合警方调查了。”

见艾克罗伊德太太止住话头，我便附和了一句“是啊。”现在我逐渐明白她想说什么了。

“谁也不能怪我没尽心尽力，”艾克罗伊德太太又大吐苦水，“拉格伦警督肯定非常满意。这个外国暴发户凭什么跑来兴风作浪？更别提他那可笑的长相——活像滑稽剧里的法国丑角。我想不通，弗洛拉为什么非找他来不可。她事先根本没和我商量就自作主张。弗洛拉太任性了，我毕竟是个见过世面的女人，又是她母亲，她总该先征求我的意见才对。”

我默默地听着。

“他到底在想些什么？我就想知道这个。难道他真认为我隐瞒了什么内情？他……他……他昨天斩钉截铁地指控我。”

我耸了耸肩。

“肯定没关系，艾克罗伊德太太，”我说，“既然您本来就没有隐瞒什么事情，他说的那番话也就不是针对您了。”

艾克罗伊德太太突然换了个话题，这是她的一贯风格。

“仆人们真烦，”她说，“天天私下传些小道消息，然后越传越广——大部分都是无中生有。”

“仆人们说闲话？”我问，“说些什么？”

艾克罗伊德太太狡黠地瞟了我一眼，让我很不自在。

“医生，如果大家都知道了，那您肯定也心里有数。您不是一直和波洛先生在一起吗？”

“是啊。”

“那您肯定很清楚了。是那个名叫厄休拉·伯恩的女孩吧？这也很正常——她反正都要走人了，肯定想方设法惹麻烦。这些仆人哪，心眼都很坏，都是一路货色。哎，既然您也在场，医生，您肯定听到她的狡辩了？我就怕谣言传来传去，别人会信以为真。不管怎么说，您总不至于原封不动地把所有细节都告诉警察吧？差不多都只是家务事而已——和谋杀一点关系也没有。可那女孩如果对我们怀恨在心，说不定还会继续到处造谣呢。”

通过她滔滔不绝的诉说，我敏锐地捕捉到潜藏在背后的阵阵焦虑。波洛的假设果然没错，昨天围坐一桌的六个人之中，至少艾克罗伊德太太确实隐瞒了一些事。现在就轮到我来掀开她的底牌了。

“如果我是你，艾克罗伊德太太，”我单刀直入，“我会全都说出来。”

她顿时轻声惊呼。

“唔！医生，您太无礼了！听上去好像……好像……反正我三两句话就可以解释清楚。”

“那为什么不有话直说呢？”我怂恿道。

艾克罗伊德太太摸出一条花边手绢，擦一擦眼泪。

“医生，也许您能帮忙向波洛先生捎个话——帮我解释解释——外国人很难站在我们的立场上看问题。而且您不了解——谁也不了解——我吃过的那些苦头。煎熬啊，我这辈子就是一年又一年的煎熬。我本来不该说死人的坏话，但事实就是如此。就算数额再小的账单，罗杰都要仔细盘查，好像他每年的收入只有可怜巴巴的几百英镑，而不是这附近非常有钱的大财主之一——昨天哈蒙德先生是这么告诉我的。”

艾克罗伊德太太停了下来，用花边手绢轻拭着眼睛。

“啊，”我引导她往下说，“您是指报销账单？”

“那些可怕的账单！有几张我根本不想拿给罗杰看，

有些事情男人根本不会理解的，他会说没必要买那些东西。当然了，账单总是越堆越多，哎，还没完没了地寄来——”

她恳切地望着我，仿佛想让我就账单这一惊人的特质对她表示安慰。

“账单都是这样的。”我附和道。

她的语调突然变得颇为粗鲁：“我向您保证，医生，我的精神马上要崩溃了。我夜里睡不着，心脏怦怦乱跳。还有，我收到一个苏格兰人的来信——其实有两封信——写信的都是苏格兰人，一位是布鲁斯·麦克弗森先生，另一位叫科林·麦克唐纳。真巧。”

“不见得，”我冷冷回答，“这种人往往自称苏格兰人，但我怀疑他们祖上有犹太血统[①]。”

“光是期票就从十镑到一万镑，”艾克罗伊德太太边回忆边小声嘀咕，“我曾写信给其中一位先生，但没能谈妥。”

她停住了。

我估计这番谈话终于要进入实质性阶段了。我还从没见过比她更能绕圈子的人。

“您瞧，”艾克罗伊德太太低声说，“不都得怪我期望值过高吗？本来还盼着遗产有我一份。当然，我虽然期待

①犹太人往往被认为精明、有金钱头脑。

罗杰留点钱给我，但心里也没底。我就想，要是能瞄一眼他的遗嘱该多好——并不是鬼鬼祟祟地偷窥——只要看了遗嘱，我就能早作打算。”

她斜睨了我一眼。此刻的气氛相当微妙。好在适当运用语言能给丑陋的真相蒙上一层遮羞布。

“这些话我只能跟您说，亲爱的谢泼德医生，”艾克罗伊德太太急急地说，“相信您不至于误会我，波洛先生那儿，还得托您多美言几句。那是在星期五下午——”

她咽了咽唾沫，又变得吞吞吐吐。

“嗯，”我催促道，“星期五下午。然后呢？”

“家里没人——至少我以为所有人都出去了。我进了罗杰的书房——我有正当理由——我是说，这也没什么见不得人的。看到堆在书桌上的文件时，我突然动了心思：‘不知罗杰会不会把遗嘱放在书桌抽屉里。’我从小就容易冲动，做事不经大脑。最上层抽屉的锁眼里还插着钥匙——这太粗心了。”

“明白了，”我附和道，“于是您在书桌里翻找了一通。找到遗嘱了吗？”

艾克罗伊德太太轻呼一声，我才意识到这话说得不够圆滑。

“听起来真可怕，根本不是您说的那么回事。”

“当然不是，”我连忙补救，“我口无遮拦，您别介意。”

“不奇怪，男人嘛，个个都不可理喻。如果换了我是亲爱的罗杰，才不会把遗嘱捂得那么紧。可男人们就爱偷偷摸摸。人被逼急了，难免要想点办法来保护自己。”

“那么您想的办法成功了吗？”我问道。

“我正要说这个。我拉开最底下那抽屉时，伯恩进来了。那场面真尴尬。当然，我立刻关上抽屉站起来，吩咐她仔细扫一下桌面上的灰尘。可我不喜欢她看人的眼神——态度虽然很恭敬，目光却非常恶毒，简直瞧不起人。我本来就不怎么喜欢那女孩。她算是个好仆人，也会喊‘太太’，叫她戴帽子、穿围裙也都照办（告诉你，现在干活儿的姑娘可都不怎么乐意穿戴这些了）；如果她替帕克去应门，也能利索地回答‘主人不在家’；而且她跟其他客厅女仆不一样，伺候主人用餐时不会随便乱笑——我想想，我刚才说到哪里了？”

“您说到虽然伯恩有许多优点，可您从来都不喜欢她。”

“一点都不喜欢。她有点古怪，和其他仆人不太一样。依我看，她受教育的程度好像太高了。这年头，你都分不清楚谁是大家闺秀。”

“后来呢？”我问道。

“也没什么。最后罗杰进来了，我本来还以为他在村子里散步。他问：‘出了什么事？’我回答：‘没什么，我是来拿《笨拙》[1]的。’然后我拿起《笨拙》就出去了。伯恩还留在屋里。我听见她问罗杰能不能和他谈一谈。我就直接回房躺到了床上，心里很不舒服。”

她又稍一停顿。

“您会跟波洛先生解释的，对吗？您也看得出来，这么点小事根本不值一提。不过，当然了，当时他凶巴巴地说有人隐瞒事实，我立刻就想到了这件事。伯恩可能会编出最不可思议的故事来，但您会替我解释的，对不对？”

“就这些？”我说，“您都说完了？”

“是……是的，”艾克罗伊德太太说，“哦！没错。”她又坚定地补了一句。

但她那瞬间的犹疑逃不过我的眼睛，可见她还有些事没坦白交代。我灵机一动，又追问：“艾克罗伊德太太，是不是您把银桌打开的？”

她的脸因为羞愧而红了，连脂粉都遮盖不住。

“您怎么知道？”她小声地问。

“这么说确实是您？”

“是的——我——哎呀——里面的一两件旧银器——很有意思。我读过一篇文章，里头有幅插图，就那么小一件玩意儿，在佳士得拍卖行能卖好大一笔钱。银桌里那个看着和图上的一模一样，我想下次去伦敦的时候可以带

---

①英国著名的漫画期刊，创刊于一八四一年。

上——嗯——带去估个价。如果它真能值点钱，您想想，对罗杰来说该是多么大的惊喜啊。”

我强忍着没打断，听她啰唆完，甚至没问她为什么拿东西要这么偷偷摸摸的。

“您为什么没盖上桌面？”我又问，“是忘了吗？”

“我当时被吓到了，”艾克罗伊德太太说，“外面露台上传来脚步声，我就匆匆跑出房间。刚上楼，帕克就开门请您进来了。”

“那肯定是拉塞尔小姐。”我陷入沉思。艾克罗伊德太太揭示了一个非常有意思的事实。关于艾克罗伊德的银器一事，真假暂且不说，反正我也不在乎。真正激起我兴趣的是，拉塞尔小姐肯定是从落地窗进入客厅的；而且她当时气喘吁吁，应该刚小跑了一阵，证实了我的判断。那么在这之前，她去了什么地方？我顿时想到凉亭和那片丝绢。

“不知道拉塞尔小姐的手绢浆过没有？”我一激动，居然脱口而出。

艾克罗伊德太太吓了一大跳，我这才回过神，起身要走。

“您会向波洛先生解释吧？”她焦急地问。

“哦，当然，没问题。”

她又缠着我，百般解释她做过的事情，我好不容易才告辞离开。

客厅女仆在大厅里，她帮我穿上大衣。直到此刻我才认真打量她，她显然刚哭过。

“上次你说星期五艾克罗伊德先生叫你去书房，是怎么回事？”我问道，“现在我听说其实是你主动找他谈话。”

她垂下眼帘，过了一会儿说道：“无论如何我都要离开这里。”但语气却不那么坚定。

我没吭声。她替我拉开门，我刚跨出一只脚，她又低声问：“不好意思，先生，有没有佩顿上尉的消息？”

我摇摇头，用探询的目光看着她。

“他应该回来，”她说，“真的——他真的应该回来。”

她恳切地注视着我。

“没人知道他的下落？”

“你知道吗？”我尖锐地问。

她摇摇头。“不，我真的不知道。我什么都不知道。但只要是他的朋友，就该劝他赶紧回来。”

我没有马上离开，心想她可能还有话要说。但她接下来的问题令我吃了一惊。

“他们觉得谋杀发生在什么时间？快十点钟的时候？”

“没错，”我说，“九点四十五分到十点之间。”

“有没有可能更早一点？不会是九点四十五分之前吗？”

我仔细地看着她，她急切地等待着一个肯定的答复。

“不可能，”我说，“艾克罗伊德小姐九点四十五分的时候还看见她伯父活得好好的。”

她转过身去，似乎浑身力气都丧失了。

“多标致的姑娘啊，”我边开车离去，边自言自语，“长得真漂亮。”

卡洛琳在家。波洛刚来拜访过，令她喜出望外，觉得自己越发重要了。

“我正在帮他破案。”她解释说。

我很不安。卡洛琳本来就很难应付了，要是她的侦探本能再被挑起，还不知会变成什么样子。

“难道你准备去追查和拉尔夫·佩顿谈话的那个神秘女子？”

“那种事我自有办法。”卡洛琳说，“不，这次是波洛先生拜托我帮他打听一条特殊的线索。”

“是什么？”我问道。

“他想知道拉尔夫·佩顿的靴子是不是黑色或棕色的。”卡洛琳异常严肃地说。

我目瞪口呆。我发现自己对靴子的事情一无所知，完全不明白波洛的用意何在。

“是棕色的鞋子，”我说，“我见过的。”

“不是鞋子，詹姆斯，是靴子。波洛先生想知道拉尔夫穿去旅店的那双靴子是不是棕色或者黑色的。这条线索事关重大。”

你可以说我智商低，但我看不出来重大在哪里。

“那你要怎么查？”我问她。

卡洛琳说，这根本不费吹灰之力。我们家的安妮最好的朋友克拉拉是甘尼特小姐的女仆，而克拉拉又正和在“三只野猪”打工的布茨约会，所以这点事儿根本不算什么。再说甘尼特小姐就是大方，立刻给克拉拉放了假，于是此事一眨眼就办妥了。

我们坐下来吃午饭时，卡洛琳故作漫不经心地说：“说到拉尔夫·佩顿的靴子嘛……”

“嗯，”我说，“靴子怎么了？”

“波洛先生本以为很可能是棕色的，但他搞错了。是黑色的。”

卡洛琳点了好几次头，显然自以为胜了波洛一局。

我没回答。拉尔夫·佩顿穿什么颜色的靴子，这跟谋杀案有什么关系？我实在想不通。

# 第十五章　杰弗里·雷蒙德

当天我又获得了新的证据，证明波洛的策略果然厉害。基于对人性的深刻理解，他的挑衅拿捏得恰到好处。在恐惧与负罪感的双重作用下，艾克罗伊德太太最先做出了反应。

当天下午我结束出诊刚到家，卡洛琳就告诉我杰弗里·雷蒙德刚走。

“他是来找我的？”我在玄关边挂大衣边问。

卡洛琳在我身边转了好久。

“他要见的是波洛先生。”她说，“他先去了‘落叶松’，但波洛先生不在家。雷蒙德先生以为他在我们这儿，或者你可能知道他去了哪里。”

“我根本不知道。”

“我打算多留他一会儿，”卡洛琳说，“可他说半小时以后再去‘落叶松’，然后就往村里去了。真可惜，他前脚刚走，波洛先生后脚就来了。”

“来我们家？”

“不，回他自己家。”

“那你怎么知道的？”

“侧面的窗户。”卡洛琳言简意赅。

对我来说，这个话题该收场了，但卡洛琳另有打算。

“你不过去看看？”

“去哪里？”

“当然是去‘落叶松’。”

“亲爱的卡洛琳，我去那儿干什么？”

“雷蒙德先生那么着急见他，”卡洛琳说，“你去了可以打听一下是什么事情。”

我眉毛一扬。

“我的好奇心没那么重，”我冷冷答道，“就算不知道邻居们究竟在干什么、想什么，我也能舒舒服服过日子。”

“胡扯，詹姆斯，”姐姐说，“你肯定也和我一样想知道。你不诚实，这就是问题所在；你总想装成不感兴趣的样子。”

“够了，卡洛琳。”我边说边走进诊疗室。

十分钟后，卡洛琳敲敲门走进来，手里拿着一罐果酱之类的东西。

“詹姆斯，能不能麻烦你把这罐枇杷果酱给波洛先生送去？我答应过要给他的。他还从没尝过手工制作的枇杷果酱呢。”

“怎么不让安妮拿去？”我没好气地问。

"她正在补衣服，没空。"

卡洛琳和我四目相对。

"很好，"我站起身，"如果非要让我拿这无聊的东西去，我就放在他家门口，听明白了吗？"

姐姐也扬了扬眉毛。

"可以，"她说，"谁说你还需要干别的了？"

托卡洛琳的福，我只能多跑一趟。

"如果你碰巧遇见波洛先生，"我拉开前门时，她说，"记得告诉他靴子的事情。"

这招不可谓不高明。我也迫不及待地想解开靴子之谜。那位头戴布列塔尼帽的老妇人前来开门，我忍不住问波洛先生在不在家。

波洛应声而来，笑容可掬地将我迎进屋。

"好朋友，快请坐，"他说，"坐这把大点的椅子，还是那把小一点的？房间里不算太热吧？"

我觉得屋里闷得慌，但忍着没说。窗户紧闭，壁炉里火焰熊熊。

"英国人特别喜欢新鲜空气。"波洛说，"要呼吸新鲜空气，外头多得是，何必放进屋里来？这些陈词滥调我们就不讨论了。你是不是给我带东西来啦？"

"两件东西，"我说，"首先是这个，我姐姐送的。"

我将那罐枇杷果酱递给他。

"卡洛琳小姐真是太客气了，答应过的事记得这么牢。

那第二件呢？”

“算是一些消息吧。”

然后我向他转述了与艾克罗伊德太太会面的经过。他饶有兴致地倾听着，但不太兴奋。

“这就说得通了，”他沉吟道，“而且也有助于核实女管家的证词。还记得吗，她自称路过时发现银桌的盖子敞开着，于是顺手关上了。”

“她还说去客厅是为了查看鲜花的新鲜程度，你觉得呢？”

“啊，对这一段我们从没当真，对吧，我的朋友？她显然急于解释出现在客厅的理由，情急之下才捏造出这个借口——不过话说回来，你可能没把这事放在心上。我原本揣测，她那么紧张是因为对银桌动过手脚，但现在看来另有隐情。”

“对。”我说，“她出去和谁见面？又是为什么？”

“你认为她是出去见某个人？”

“是的。”

波洛点点头。

“我也有同感。”他若有所思。

我们都陷入了沉默。

“对了，”我说，“我姐姐托我捎个口信。拉尔夫·佩顿的靴子是黑色的，不是棕色的。”

我边说边审视着他。不知是不是幻觉，一瞬间，他的神情有些不安。但即便是真的，那一丝不安也稍纵即逝了。

“她真有把握靴子不是棕色的？”

“绝对肯定。”

“啊！”波洛懊恼地叹着气，“太遗憾了。”

他好像相当沮丧，但并未多加解释，而是马上转移了话题。

“上周五早晨去你那里看病的女管家拉塞尔小姐——你不介意告诉我你们都谈了些什么吧？我的意思是，除去正常问诊的细节问题？”

“不介意，”我说，“谈完正事之后，我们又讨论了一会儿毒药，还说到中毒之后能否检验出来，最后又谈到吸毒和瘾君子。”

“特别是可卡因？”波洛问道。

“你怎么知道？”我微感讶异。

他没有直接回答，而是起身走到房间另一头归档的报纸前，拿过来一份九月十六日星期五的《每日预算报》，示意我读一读上面一篇关于可卡因走私的文章。文章的内容骇人听闻，描写也很生动。

“她读了这篇文章，才对可卡因耿耿于怀。”波洛说。

我还是摸不着头脑，刚要追问，房门开了，仆人通报说杰弗里·雷蒙德来了。

雷蒙德走进来，依旧满面春风，热情地向我们问好。

“您好，医生。波洛先生，今天早上我是第二次造访了，我急着找你。”

“也许我该回避一下。”我颇为尴尬地提议。

“我不介意，医生。不，是这么回事，”他随着波洛的指示落座，“我是来坦白的。”

“真的？”波洛和颜悦色又颇感兴趣地问。

“哦，其实不算什么大事，真的。但是，说真心话，我从昨天下午开始就饱受良心的折磨。您指责我们大家都有所隐瞒，波洛先生，我认错。我的确有隐情没坦白。”

“究竟是什么隐情，雷蒙德先生？”

“刚才我说过，只是件无足轻重的小事——是这样，我欠了一笔债——一大笔债，而艾克罗伊德先生的遗赠来得正是时候。这五百英镑不仅能帮我渡过难关，而且还能剩下一点点。”

他又亮出迷人的微笑，难怪这年轻人人缘好。

“您也明白，警察的疑心都很重——我不想承认自己缺钱花——要不肯定会被他们盯上。可我实在是冒傻气，从九点四十五分开始我一直和布兰特待在台球室，我的不在场证明无懈可击，没什么好怕的。但是，既然您对我隐瞒实情这么生气，我受不了良心的谴责，还是坦白交代为好。”

他又站起身，冲我们一笑。

“您是位非常明智的年轻人。”波洛赞许地点点头，

“说真的，一旦我发现有人对我隐瞒实情，就难免怀疑背后或许有非常严重的内幕。您做得非常对。”

“很高兴我撇清了嫌疑，”雷蒙德笑道，“那我告辞了。”

“这么鸡毛蒜皮的小事。”年轻的秘书出门后，我说。

“嗯，”波洛也说，“几乎不值一提。但如果他不在台球室里，天知道会怎样？许多凶杀案背后的动机还不足五百镑。这取决于多少钱才足以令人铤而走险，钱多钱少都是相对的，是吧？你想过吗，我的朋友，那座大宅里的很多人都从艾克罗伊德先生之死中获得了好处。艾克罗伊德太太，弗洛拉小姐，年轻的雷蒙德先生，女管家拉塞尔小姐。事实上，没能从中受益的只有一个人，就是布兰特少校。”

他提到布兰特时的语气相当反常，我不由抬头看了看他，有点糊涂。

“我没听明白。”我说。

“我指责的那些人当中，已经有两个人吐露实情了。”

“你觉得布兰特少校也有隐情？”

“这个嘛，”波洛满不在乎地说，“俗话说得好，英国人只隐瞒一件事——那就是爱情。至于布兰特少校，我不得不说，他掩饰的功夫不佳。”

“有时候我在想，”我说，“我们是不是对那个问题过早下结论了。”

“怎么说？”

“我们一直认定敲诈弗拉尔斯太太的人必然是谋杀艾克罗伊德先生的凶手，其实这会不会是一个误区？”

波洛使劲点头。

“非常好，实在太好了。我还以为你想不到这一层。这当然有可能。但必须牢记一点：那封信失踪了。当然，你说得没错，拿走那封信的人未必是凶手。当你首先发现尸体时，帕克就有可能趁你不注意把信拿走。”

“帕克？”

“对，帕克。我总免不了想到帕克，虽然我并不认为他是凶手。不，人不是他杀的，但还有谁比他更像是勒索弗拉尔斯太太的那个神秘恶棍呢？他很可能从皇家围场的某个仆人口中打探出了弗拉尔斯先生的死因。无论如何，比起偶然来访的客人，比方说布兰特，帕克的可能性更大。”

“说不定真是帕克把信拿走的，”我承认，“我是后来才注意到信不见了的。”

“过了多久才发现？是在布兰特和雷蒙德进屋之前还是之后？”

“记不清了。”我沉思着，“我想是之前——不，是他们进屋之后。对，基本能肯定，是在他们赶来之后。”

“那么范围就扩大到三个人了，”波洛思索着，“但帕克的可能性仍然最大。我打算做个小实验，试探一下帕克。朋友，陪我去一趟芬利庄园怎么样？”

我默然同意，我们立刻动身。到达庄园后，波洛要求见见艾克罗伊德小姐，她很快就来迎接我们。

“弗洛拉小姐，”波洛说，“我不得不向您透露一个小秘密。我仍然不相信帕克是清白的，所以想请您配合做个小实验。我准备重建他当晚的部分行动，但得编个故事来骗他——啊！有了，就说我们想确认在外面的露台上能不能听见小门廊里的声音。好吧，麻烦你按铃找帕克来。”

我按吩咐行事，男管家很快就出现了，一如既往地殷勤。

“是您按铃叫我吗，先生？”

“是的，好帕克，我想做个小小的实验。我让布兰特少校站在书房窗外的露台上，想证实一下那天晚上那儿的人能不能听到艾克罗伊德小姐和你在门廊里的说话声。我想重现那一幕情景。你能不能去把当时端着的托盘或者其他什么东西拿来？”

帕克出去了。我们一起来到书房门外的走廊上，不一会儿便听见杯盘作响，帕克端着一只托盘出现了，托盘里放着一根虹吸管、一瓶威士忌、两个玻璃杯。

“等一下，”波洛兴冲冲地举手喊道，“一步一步来，必须和当时的场面一模一样。这是我查案的方法。”

“这是国外的习惯吗，先生？”帕克说，“所谓重建犯罪现场？”

他泰然自若地伫立一旁，听候波洛差遣。

“啊！帕克还懂得不少嘛，”波洛赞叹道，“看来他也读过一些这方面的书。好了，拜托各位尽可能按当时的情景进行。你从外头大厅里走进来——像这样。小姐是站在——哪儿？”

“这里。”弗洛拉边说边站到书房门口。

“完全正确，先生。”帕克说。

“当时我刚刚关好门。”弗洛拉又说。

“是的，小姐，”帕克附和道，“您的手就像现在那样握着门把。”

“那就开始吧，”波洛说，“为我表演一下这出短短的喜剧。”

弗洛拉手握门把站在那儿，帕克端着托盘从大厅穿过那扇门走来。

他刚跨进门就停下了，然后弗洛拉说：“哦！帕克，艾克罗伊德先生吩咐过了，今晚别再打扰他。”

“这是我的原话吗？”她又低声补了一句。

“如果我没记错，的确是原话，弗洛拉小姐，”帕克说，“但我印象中您当时用的是‘今夜’而不是‘今晚’。”接着他像演戏一样拿腔拿调地高声回答：“明白了，小姐。要不要照常锁门？”

“好的。”

帕克退出门外，弗洛拉跟在后面，随后上了主楼梯。

“这样可以了吗？”她扭头问道。

“太棒了，”小矮子搓着双手，“对了，帕克，你能肯定那天晚上托盘里确实有两只玻璃杯吗？另一只是给谁准备的？”

“我每次都送两只杯子，先生。”帕克说，“还有其他吩咐吗？”

“没有了，谢谢。”

帕克退下了，从头到尾都不卑不亢。

波洛站在大厅中央，双眉深锁。弗洛拉走下楼梯来到我们身旁。

“您的实验成功了吗？”她问，“我还不太明白，您知道——”

波洛赞赏地对她笑了笑。

“没必要非弄明白不可，”他说，“不过请告诉我，那天晚上帕克的托盘里确实有两只玻璃杯吗？”

弗洛拉皱着眉头想了想。

“真的记不清了，”她说，“应该有吧。难道这才是您做实验的目的？”

波洛捧起她的手，轻轻拍了拍。

“这么说吧，”他说，“我历来都特别留心别人说的话是真是假。”

“那帕克说真话了吗？”

“我想他没撒谎。”波洛陷入了沉思。

几分钟后，我们沿原路返回村里。

“你提杯子的问题，有什么目的？”我好奇地问。

波洛耸耸肩。

“没话总要找话说。”他说，“提这个问题和提其他问题，作用都一样。”

我瞪着他。

“无论如何，我的朋友，”他正色道，“我想了解的都弄清楚了，这个问题就到此为止。”

# 第十六章　麻将夜

那天晚上我们一起打麻将。这种简单的娱乐活动在金斯艾伯特很受欢迎。晚饭后，大家穿着胶鞋和雨衣先后到来，喝点咖啡，然后吃几块蛋糕和三明治，喝喝茶。

当晚和我们一起打牌的是甘尼特小姐和家住教堂附近的卡特上校。这样的晚间聚会是传播小道消息的好时机，有时聊得兴起，连正事都忘了。我们通常都打桥牌——边打边交头接耳，最后打得乱七八糟。我们发现麻将相对平和，不至于像打桥牌那样，因为搭档没打出某张牌就大为不满；虽然我们仍然会直白地表达批评意见，但没那么有针对性。

“今晚真冷，是吧，谢泼德？”背靠壁炉的卡特上校说。卡洛琳把甘尼特小姐带进自己房间，正帮她脱下裹了一层又一层的外衣。“勾起了我对阿富汗的回忆。”

“是吗？”我礼貌地答道。

“可怜的艾克罗伊德，真是一场神秘的谋杀，”上校边接过咖啡边说，“背后大有玄机——我是这么看的。谢泼德，有句话我只对你说，我听说跟勒索有关呢！”

上校意味深长地看了我一眼，那意思是“天知地知你知我知”。

“毫无疑问，还牵涉到一个女人，”他说，“信不信由你，一定跟女人有关。”

这时卡洛琳和甘尼特小姐来了。甘尼特小姐喝着咖啡，卡洛琳则端出麻将盒，把牌倒在桌上。

“洗牌，”上校开着玩笑，“没错——洗牌，我们在上海的俱乐部里都是这么说的。”

卡洛琳和我都认为，卡特上校这辈子根本就没去过上海的俱乐部。大战期间他在印度做牛肉罐头、梅子酱和苹果酱生意，没去过印度再往东的地方。不过上校的军旅生涯是货真价实的，何况在金斯艾伯特，就算你再怎么吹嘘自己的离奇经历，大家也都买账。

“开始吗？”卡洛琳说。

我们围着桌子坐好，开头五分钟没人说话，彼此都暗暗较劲，看谁先把自己的城墙垒好。

“你先来，詹姆斯，”最后卡洛琳说，“你是东风。”

我打出一张牌。一两圈过后，沉闷的气氛渐渐被单调的喊声打破，“三条”“二筒”“碰”，甘尼特小姐时不时还喊“不碰”，因为她有个习惯，没看清牌就抢着“碰”，然后才发现碰不起。

“今天早上我看见弗洛拉·艾克罗伊德了，”甘尼特小姐说，“碰——不，不碰，我弄错了。”

“四筒，”卡洛琳说，“你在哪儿看到她的？”

“她可没看见我。”也只有在我们这种小地方，才能欣赏到甘尼特小姐那大惊小怪的模样。

“啊！”卡洛琳兴冲冲地说，“吃。”

“现在的正确说法是‘切’，”甘尼特小姐暂时分心了，“不是‘吃’。”

“胡说，”卡洛琳反驳，“我一直都说‘吃’。”

“在上海的俱乐部，他们都说‘吃’。”卡特上校说。

甘尼特小姐只好认输。

“你刚才说弗洛拉·艾克罗伊德什么来着？”卡洛琳专心地打了一两分钟，忽然问，“她和什么人在一起吗？”

“那还用说。”甘尼特小姐说。

两位女士四目相对，似乎在交换情报。

“真的？”卡洛琳来了兴致，“是真的？哈，果然不出所料。”

“都等你出牌呢，卡洛琳小姐。”上校说。他有时会摆出大男人的派头，看似专注于牌局，对小道消息漠不关心，但谁都不会上他的当。

“要我说啊，”甘尼特小姐说，“你刚才打的是条子吗，亲爱的？哦，不，我看见了——是筒子。要我说啊，弗洛拉真是走运，运气好得不能再好了。”

“这话怎么说，甘尼特小姐？”上校问，“那张发财我碰。你怎么看出弗洛拉小姐运气好？她确实是个漂亮姑娘。”

“犯罪这种事我或许不算太懂，”甘尼特小姐以一种万事通的口吻说，“但我可以告诉你，警察一开头总要问‘最后看见死者活着的人是谁？’而这个人总会成为怀疑对象。好了，弗洛拉·艾克罗伊德是最后看见她伯父还活着的人，这对她很不利——非常非常不利。依我看——管它三七二十一，拉尔夫·佩顿躲起来就是掩护她，分散她的嫌疑。”

“拜托，”我温和地反驳，“难道你真的以为弗洛拉·艾克罗伊德这样一个年轻姑娘会那么冷血，拿刀刺死亲伯父？”

“唔，很难说，”甘尼特小姐说，“这两天我从图书馆借了本书，里头说在巴黎下层社会，有些最凶残的罪犯就是漂亮的年轻姑娘。”

“那是在法国。”卡洛琳当即反对。

“行了行了，”上校连忙打圆场，“现在听我讲一件稀奇事——这故事在印度的集市上传得很凶……”

上校的故事极其冗长，没完没了，而且非常无聊。多年前发生在印度的事情，怎能与前天金斯艾伯特的爆炸性新闻相提并论。

卡洛琳幸运地和了一把，总算让上校的故事画上了句号。卡洛琳算番数时搞错了，被我纠正之后还有点不高兴。我们又开始新的一局。

“东风打完了，”卡洛琳说，“我对拉尔夫·佩顿自有看法。三万。可到现在为止还没跟别人提过。”

“真的吗，亲爱的？”甘尼特小姐说，“吃——我是说碰。”

“真的。”卡洛琳坚定地回答。

“靴子有问题吗？”甘尼特小姐问，“我是说，靴子是黑色的，有什么不对劲？”

“没什么不对劲。”卡洛琳说。

“依你看关键在哪里？”甘尼特小姐又问。

卡洛琳噘起嘴，摇着头，一副无所不知的架势。

“碰，”甘尼特小姐说，“不对——不碰。谢泼德医生和波洛先生关系不错，应该会知道所有秘密吧？”

“没那回事。”我说。

“詹姆斯真谦虚，”卡洛琳说，“啊！暗杠。”

上校吹了声口哨，闲聊暂时中止了。

“你是庄家，”他说，“还碰了两次。大家当心，卡洛琳小姐要和一把大的。”

一连几分钟大家都埋头牌局，一句闲话也没说。

“说到这位波洛先生，”卡特上校问，“他真的是大侦探？”

“是迄今为止全世界最了不起的侦探。”卡洛琳郑重其事地回答，“他隐姓埋名到这儿来，就是要避免和公众接触。”

“吃。”甘尼特小姐说，“我们这种小村子，难得来个大人物。对了，克拉拉——就是我那个女仆，你也认识——跟芬利庄园的女佣埃尔西关系很好，你们猜猜埃尔西告诉她什么来着？丢了一大笔钱。而且她认为——我是指埃尔西认为——那个客厅女仆手脚肯定不干净。她这个月就要卷铺盖走人了，天天半夜哭个没完。要我说，她很可能和什么犯罪团伙有关系。那姑娘的性子很古怪，在村里一个朋友也没有，每次轮休都单独出门——我看这就很不正常，非常可疑。有一次我邀请她来参加女孩子们的联谊晚会，被她拒绝了；然后我又问她家住哪儿，家里都有谁，诸如此类；我不得不说，她的态度特别傲慢。表面上礼数周全，但她居然当场拒绝了我的邀请，真是无礼到了极点。”

甘尼特小姐停下来喘口气，而上校对仆人的事不感兴趣，自顾自说着在上海的俱乐部，他们打麻将的速度向来都很快。

于是我们就加快速度打了一圈。

“那个拉塞尔小姐星期五早上来找詹姆斯，”卡洛琳说，“假装看病，依我看她其实是来打探毒药放在哪儿。五万。”

“吃。”甘尼特小姐说，“好惊人的想法！我觉得不会吧。”

“说到毒药，”上校说，“呃——什么？我还没出牌？

哦，八条。”

“和了！”甘尼特小姐喊。

卡洛琳气不打一处来。

“如果再来一张红中，”她十分懊恼，“我就有三个对子了。”

“我一直压着两张红中。”我说。

“果然是你的风格，詹姆斯，”卡洛琳责备道，“你根本不懂得怎么打麻将。”

我却自认为打得相当聪明。如果卡洛琳和牌，我得输上一大笔；而甘尼特小姐和的是最小的牌，连卡洛琳自己也没忘了指出这一点。

东风过了，大家默默开始新的一圈。

“其实刚才我想告诉你们的是另一件事。”卡洛琳说。

“什么？”甘尼特小姐撺掇她接着说。

“我想说说对拉尔夫 · 佩顿的看法。”

“说吧，亲爱的，”甘尼特小姐越发起劲，“吃！”

“这么早就‘吃’太亏了，”卡洛琳一本正经地指点，“你应该做大牌才对。”

“我知道，”甘尼特小姐说，“你刚才说——拉尔夫 · 佩顿，是不是？”

“对。嗯，关于他的去向，我有个绝妙的想法。”

我们都停手盯着她。

“有意思，卡洛琳小姐，”卡特上校说，“是你自己想出来的吗？”

“唔，也不全是。听我慢慢说。你们都知道我们家大厅里有张全郡的大地图吧？”

我们都回答知道。

“那天波洛先生从里屋走出来时，在地图前停步，看了好久，还说了好多话——原话我记不清了，好像是说这附近唯一的大镇子是克兰切斯特——那当然是明摆着的。他一走，我突然就想到了。”

“想到什么？”

“他的言下之意，拉尔夫当然就在克兰切斯特。”

就在这时我碰倒了搁麻将牌的架子，姐姐立刻指责我笨手笨脚，但她的心思基本都沉浸在那番高论里。

“他在克兰切斯特，卡洛琳小姐？”卡特上校说，“不可能！那地方离这儿也太近了。”

“绝对错不了，”卡洛琳得意扬扬地喊道，“现在看来就很明显了，他并没有乘火车逃走，而是步行去了克兰切斯特。而且我相信他还在那里。大家做梦也想不到他居然就藏在这么近的地方。”

我指出她的理论有几处难以自圆其说，可是某种观念一旦在卡洛琳的脑子里生根发芽，那别人无论如何都拔不起来。

“而且你觉得波洛先生也持同样的观点。”甘尼特小姐若有所思，“一定是离奇的巧合，不过我今天下午在克兰切斯特的马路边散步时，看见他乘车驶过我身旁。”

我们不由得面面相觑。

“哎呀，我的天！”甘尼特小姐突然喊道，“我都和牌半天了，一直没注意。”

卡洛琳这才从幻想中回到牌桌上。她向甘尼特小姐指出，这是一副混一色的牌，可以吃很多张，不做大牌直接平和非常不划算。甘尼特小姐一边沉住气听着，一边收着筹码。

“是啊，亲爱的，我懂你的意思，”她说，“可这总要看你一上手拿的牌好不好，对不对？”

“你如果不做牌，就永远和不了大牌。”卡洛琳固执己见。

“哎，大家各有各的打法，不是吗？”甘尼特小姐低头瞧了瞧面前的筹码，“不管怎么说，现在是我赢得多。”

卡洛琳沮丧不已，没吭声。

东风打完了，我们继续洗牌开局。安妮端上茶点。卡洛琳和甘尼特小姐之间有些不愉快，在晚间娱乐中，这种场面司空见惯。

“拜托你稍微打快点儿，亲爱的，”每当甘尼特小姐出牌犹豫时，卡洛琳就催促，“中国人打牌时动作很快，就像叽叽喳喳的小鸟。”

五分钟过后，我们也仿效中国人，打得飞快。

“你还没和我们分享情报呢，谢泼德，”卡特上校快活地说，“真是只老狐狸。你和大侦探一起查案，却一点风声都不透露。”

“詹姆斯这个人很特别，”卡洛琳说，“嘴缝得非常严。”

她冷冷地白了我一眼。

“我发誓，”我说，“我什么都不知道。波洛的保密工作做得好。”

“他真聪明，”上校咯咯笑道，“不肯走漏消息。不过这些外国侦探都很有本事，我觉得他们个个诡计多端。”

“碰，”甘尼特小姐平静的口吻中带着几分得意，“和了。”

形势更加紧张。甘尼特小姐连和三把，令卡洛琳恼怒不已。码牌时她教训我：“你真烦人，詹姆斯。像个木头人一样傻坐着，什么也不说！”

“可是，亲爱的，”我反驳道，“对于你想听的那些事情，我实在没什么可说的。”

“胡扯，”卡洛琳一边码牌一边斥责我，“你肯定知道一些有趣的内幕。”

我一时没吭声。此刻我兴奋极了。以前我也听说过天和——刚上手的一副牌就是和牌，但从没指望过自己也能拿到。

我抑制住狂喜之情，将牌推倒在桌面上。

“在上海的俱乐部里——”我宣布，“他们管这叫作天和——完胜！”

上校的眼珠子都快迸出来了。

“太不可思议了，”他惊呼，“我发誓，从没见过这种牌！”

受到卡洛琳之前冷嘲热讽的刺激，加上一时得意忘形，我没管住自己的嘴巴。

“至于有趣的内幕嘛，”我说，“一只内侧刻着‘R 赠’的结婚金戒指怎么样？”

在他们的逼迫下，我虽省略了前因后果，但还是不得不供出发现那宝贝的确切地点，以及戒指上所刻的日期。

“三月十三日，”卡洛琳说，“刚好六个月前。啊！”

大家你一言我一语，兴奋地做出各种推测，最后可归结为三种观点：

一、卡特上校认为：拉尔夫和弗洛拉已经秘密结婚，这种解释最简单。

二、甘尼特小姐认为：罗杰 · 艾克罗伊德已经和弗拉尔斯太太秘密结婚。

三、我姐姐认为：罗杰 · 艾克罗伊德和女管家拉塞尔小姐秘密结婚了。

后来，准备睡觉前，卡洛琳又提出来第四种高论。

“记住我的话吧，”她突然说，“就算杰弗里 · 雷蒙德和弗洛拉已经结婚了，我也一点都不意外。”

“如果他们结婚，戒指上应该刻‘G 赠’而不是‘R

赠’。”我提出异议。

“你哪里知道，有些姑娘喜欢用姓氏称呼男人。而且今天晚上甘尼特小姐不是说了吗——弗洛拉举止轻率。”

严格说来，我根本没听到甘尼特小姐说过这句话，但我很佩服卡洛琳含沙射影的功力。

“会不会是赫克托·布兰特？”我暗示道，“如果有谁——”

“瞎说，”卡洛琳说，“我敢说布兰特十分仰慕她——甚至可能已经爱上她了。但她这种年轻姑娘，身边有位英俊的秘书，怎么可能看得上年龄足够当她父亲的人？但她有可能鼓励布兰特对她献殷勤，姑娘们都是很狡猾的。不过有一点我要告诉你，詹姆斯·谢泼德：弗洛拉·艾克罗伊德一点儿也不在乎拉尔夫·佩顿，而且从来都看不上他。这一点你完全可以相信我。”

我乖乖地接受了她的看法。

# 第十七章　帕克

第二天早晨我才反应过来，昨晚被“天和”冲昏头脑，未免有些出言不慎。当然，波洛倒也没要求我对戒指的事情保密；但另一方面，他即便在芬利庄园也没提过这件事。据我所知，找到戒指这件事除了波洛，就我一个人知道。我心中不由萌生出一股负罪感，现在戒指风波在金斯艾伯特村传得沸沸扬扬，我已经随时准备被波洛训斥一顿了。

弗拉尔斯太太和罗杰·艾克罗伊德的葬礼定于十一点举行。场面哀伤而感人，芬利庄园所有的人都到场了。

波洛也出席了葬礼。葬礼刚一结束，他就拽着我，邀我一起回“落叶松”。见他一脸严肃，我猜测他已经听说昨晚我说漏嘴的事了。但很快我就发现，他盘算的根本是另一个问题。

“知道吗，”他说，“我们得行动起来。我准备询问一名证人，需要你帮忙。我们要逼紧他，吓唬吓唬他，一定能撬出真相。”

“哪个证人？”我十分意外。

“帕克！”波洛说，“我叫他中午十二点去我家，现在他应该已经在那儿等我们了。”

“你有什么打算？”我瞄了他一眼，壮着胆子问道。

“我只知道一点：我还不满意。”

“你认为敲诈弗拉尔斯太太的就是他？”

“要么是这样，要么——”

“要么怎样？”见他半天没下文，我又追问。

“我的朋友，姑且这么说吧——我希望是他。”

他的神情中浮现出一种难以形容的凝重感，我不敢再问了。

一到“落叶松”，仆人就来禀报帕克已经在等候我们。进屋时，男管家恭谨地站起身。

“早上好，帕克。”波洛亲切地招呼，“麻烦你稍等一下。”

他脱下大衣，摘下手套。

“让我来，先生。”帕克连忙上前帮忙。他将大衣和手套整整齐齐地摆放在门边的一把椅子上，波洛赞许地看着他。

“谢谢你，好心的帕克。”他说，“请坐，我有很多话要说。”

帕克低头致谢后才落座。

“知不知道今天早上为什么请你来？”

帕克干咳一声："我明白，先生，您想了解一些与我已故主人有关的问题——他的私事。"

"没错。"波洛微笑道，"你是否曾多次进行敲诈？"

"先生！"

男管家触电般地跳起来。

"别激动，"波洛不动声色，"别再摆出受冤枉的老实人的模样了，敲诈这种勾当你一向轻车熟路，对吧？"

"先生，我可从来没……从来没有……"

"从没受过这样的侮辱是吧，"波洛替他说完，"那么，了不起的帕克，为什么那天晚上你无意中听到敲诈这个词之后，就迫不及待地去偷听艾克罗伊德先生书房里的谈话？"

"我没有……我……"

"之前你在谁家做事？"波洛突然发问。

"之前在谁家？"

"对，你来艾克罗伊德先生家之前。"

"是埃勒比少校，先生——"

波洛又接过话来。

"就是他，埃勒比少校。埃勒比少校吸毒成瘾，对不对？你陪他去国外旅行，在百慕大遇到了麻烦——有个人被杀了，埃勒比少校要负一部分责任。这件事情最后摆平了，但你知道内情。你收了埃勒比少校多少封口费？"

帕克张口结舌，手足无措，面部肌肉阵阵痉挛。

“我都调查过了，”波洛说道，“正如我所说，你狠狠敲了埃勒比少校一大笔，后来他还持续付钱给你，一直到死。现在我想听听你的最新战果。”

帕克依然双眼圆瞪。

“抵赖也没用，什么都瞒不过赫尔克里·波洛。埃勒比少校的事，我刚才说对了吧？”

帕克虽不情愿，还是勉强点点头，面如死灰。

“可是我根本没伤过艾克罗伊德先生哪怕一根头发。”他呻吟道，“我对上帝发誓，先生，真不是我干的。我一直提心吊胆，生怕警察怀疑到我头上。真的，我没有——我没有杀害他。”

他几乎是吼出来的。

“我倾向于相信你，朋友，”波洛说，“你没那个胆子，没那种勇气。但我要听真话。”

“我什么都交代，先生，您问什么我答什么。那天晚上我确实去偷听了，因为之前听到的只言片语，让我非常好奇，而艾克罗伊德先生不想让人打搅，又那么神秘地把自己和医生关在书房里。我对警察说的全是实话，老天做证。刚听到敲诈这个词，先生，我就——”

他停住了。

“你就以为有机会分一杯羹？”波洛顺势问道。

“嗯——嗯，对，我是这么想的，先生。我想如果有人正在敲诈艾克罗伊德先生，我为什么不趁机捞一笔呢？”

波洛脸上闪过一丝相当怪异的表情。他倾身向前。

“那天晚上之前，是否有任何迹象令你怀疑到艾克罗伊德先生正被人敲诈？”

“没有，真的没有，先生。我很震惊。怎么都看不出他会给人留下什么把柄。”

“你偷听到了多少？”

“不多，先生。我觉得谈话内容没准会牵涉到我，可我又得回餐具室干活，只能抽空溜到书房门口偷听一两句，几乎一无所获。第一次谢泼德医生出来时，我差点被他逮个正着；第二次在大厅里遇到雷蒙德先生，他朝那边走去，所以我也没如愿；第三次我端着托盘过去，又被弗洛拉小姐打发走了。”

波洛长时间盯着他，似乎在观察他诚实与否。帕克也用异常诚恳的目光予以回应。

“您千万要相信我，先生。我一直害怕警方会翻出埃勒比少校的旧账，进而怀疑到我头上。”

“好吧，”波洛最后说，“权且相信你一回。但还有一个要求——让我看看你的银行存折。你应该有一本存折吧？”

“有的，先生，其实我随身带来了。”

他不慌不忙地从口袋里拿出存折。波洛接过窄长的绿皮折子，仔细查看每一笔存款。

“啊！你今年买了五百英镑国民储蓄券？”

“是的，先生。我已经存了一千多英镑——是从我的……呃，我已故的主人埃勒比少校那儿得来的。今年赌马的运气也不错，几乎百发百中。还记得吗，先生，嘉年华赛马会上胜出的是一匹大黑马，我相当走运，买了它的马票，最后赚了二十英镑。”

波洛把存折还给他。

“你可以走了。我相信你说的都是实话，否则你的日子肯定不好过，朋友。”

帕克离开后，波洛又拿起大衣。

“又要出去？”我问。

“嗯，我们去拜访一下好心的哈蒙德先生。”

“你相信帕克的说辞？”

“表面上看没问题。很明显——除非他的演技出神入化——他真的以为被敲诈的是艾克罗伊德本人。那么，关于弗拉尔斯太太，他就完全不知情了。”

“那又会是谁——”

“问得好！究竟是谁？等拜访过哈蒙德先生之后，这个问题就可以解决了。要么彻底证明帕克的清白，要么——”

“嗯？”

“今早我又犯了老毛病，话都只说半截，”波洛不好意思地说，“你可别介意。”

“对了，”我怯生生地说，“我得向你坦白，我一时疏忽，泄露了那枚戒指的事。”

“什么戒指？”

“你在金鱼池里发现的那枚戒指。”

“啊！是啊是啊。”波洛大笑起来。

“你不会生气吧？都怪我不小心。”

“不要紧，好朋友，不要紧。本来我也没要求你保密，你完全可以畅所欲言。你姐姐很感兴趣吧？”

“那还用说，轰动全村。现在各种猜测满天飞。”

“啊！但那件事非常简单啊，真正的答案一目了然，对不对？”

“是吗？”我茫然回应。

波洛又笑了。

“但聪明人不会随便表态，”他说，“对吧？先去找哈蒙德先生吧。”

律师在办公室里，立刻就答应见我们。他站起身打招呼，面无表情，一副公事公办的态度。

波洛开门见山。

“我想打听一些情况，如果方便的话，请务必告知。是这样的，我知道您曾为皇家围场那位已故的弗拉尔斯太太担任律师，对吗？”

律师眼中瞬间闪过一抹惊愕之色，但迅速又戴上了职业面具。

“当然，我负责处理她的全部法律事务。”

“非常好。那么，在我提问之前，先请谢泼德医生为您梳理一下前因后果。我的朋友，麻烦你复述一遍上星期五晚上和艾克罗伊德先生的谈话。”

“没问题。”我从头到尾讲述了那天晚上的怪事。

哈蒙德听得十分认真。

“就这么多。”我说完了。

“敲诈啊。”律师陷入沉思。

“您觉得意外吗？”波洛问道。

律师摘下夹鼻眼镜，用手绢擦了擦。

“不，”他答道，“不算意外。我也怀疑好一段时间了。”

“那么我的问题就简单了，”波洛说，“只有您才能算出她被敲诈的总金额。”

“我想也没必要再隐瞒了。”片刻后，哈蒙德说，“过去一年内，弗拉尔斯太太卖出不少债券，款项都存进她的账户，而没有用于重新投资。她的收入相当可观，况且丈夫去世后，她日子也过得很安稳，可见这些钱都有特殊用途。我曾向她问起，她说自己不得不接济丈夫的几位穷亲戚，我也就不便再过问。直到如今我还在揣测，那些钱会不会给了某个与阿什利·弗拉尔斯有私情的女人。我做梦也没想到，居然是弗拉尔斯太太自己惹上了麻烦。”

“总共多少钱？”波洛问。

“大大小小加起来，少说两万英镑。”

“两万英镑！”我失声惊呼，“才一年时间！”

“弗拉尔斯太太非常富有，”波洛不动声色，“而谋杀的代价总是非常沉重的。”

“还有需要我帮忙的吗？”哈蒙德先生问道。

“谢谢，没有了。”波洛站起身说，“打扰了，真不好意思。”

“没关系，没关系。”

“你刚才用的derange那个词，”出门后，我说，“通常只用来指精神错乱。”

“啊！”波洛叫出声来，“我的英语很烂。英语真是一门奇特的语言。我应该说disarrange才对，是吗？”

“下次记得用disturb。”①

“谢谢，你用词真讲究。好吧，谈谈咱们的朋友帕克怎么样？如果揣着两万英镑，他还会继续当管家吗？我想不会。当然，他有可能用假名把钱存进银行，但我还是相信他说的是实话。如果他真是个恶棍的话，那这样的恶棍也未免太目光短浅了。那么剩下的可能性就是雷蒙德，或者——唔——布兰特少校。”

“当然不会是雷蒙德，”我反对说，“区区五百英镑就让他焦头烂额了。”

① derange在英语中的意思是指“精神错乱”，disarrange则表示“弄乱、扰乱”。波洛在和哈蒙德道别时使用的是derange，而表示“打扰、妨碍”一般用disturb。

“他本人是这么说的。”

“至于赫克托·布兰特——”

“至于老好人布兰特少校，我可以透露一二，”波洛打断我，“调查是我的老本行。经过调查，他提过自己继承的那笔遗产，总额将近两万英镑。你怎么看？”

我震惊得几乎说不出话来。

“不可能，”我好容易才开口，“像赫克托·布兰特这么有名的人，不可能是他。”

波洛耸耸肩。

“谁知道呢？至少这人有长远眼光。老实说，我看他也不至于是敲诈者。不过你还忽略了一种可能。”

“什么可能？”

“炉火，我的朋友。也许你离开后，艾克罗伊德自己把那封信和蓝色信封一起烧了。”

“不会吧……”我缓缓答道，“但是——当然，也难说。没准后来他改了主意。”

我们不知不觉就到了我家门口，我突然心血来潮，邀请波洛来家里吃顿便饭。

本以为卡洛琳对此求之不得，没想到要讨女人欢心一点都不容易。我们家的午餐是排骨——配菜是牛肚和洋葱。三个人面前摆着两扇排骨，气氛十分尴尬。

但卡洛琳向来不会懊恼太久。她撒了个弥天大谎，告诉波洛说她无视我的嘲讽，长期坚持吃素食。她喜形于色地称赞果仁煎饼是多么美味（我相当肯定她从来没吃过那玩意儿），津津有味地咀嚼着威尔士干酪，还口口声声强调“肉食”的种种危害。

饭后，当我们坐在壁炉前吸烟时，卡洛琳直截了当地向波洛进攻。

“还没找到拉尔夫·佩顿？”她问。

“去哪儿找啊，小姐？”

“我还以为你在克兰切斯特找到他了。”卡洛琳话里有话。

波洛被弄糊涂了。“克兰切斯特？为什么他会在克兰切斯特？”

我不怀好意地提醒他：“在我们庞大的私人侦探团队中，有一位成员昨天碰巧在克兰切斯特的马路边上看见你乘车驶过。”

波洛恍然大悟，大笑不止：“啊！原来如此！我只是去看牙医而已，很简单。我的牙很疼，去看过之后就好多了。本想马上回来，但牙医不让，说最好把那颗牙拔了。我不答应，他还是坚持要拔。他成功了！现在那颗牙再也不会疼了。”

卡洛琳顿时垂头丧气，像泄了气的皮球。

接着我们又开始议论拉尔夫·佩顿。

“他这个人比较软弱，”我坚持自己的观点，“但本性不坏。”

“啊！”波洛说，“那性格软弱的后果是？”

“确切地说，”卡洛琳说，“比如我们家詹姆斯——要不是我天天照顾他，真不知他会变成什么样。”

“亲爱的卡洛琳，”我很不高兴，“别搞人身攻击行吗？”

“你的缺点可不少，詹姆斯，”卡洛琳寸步不让，“我比你大八岁呢——啊，我并不介意让波洛先生知道我的年龄——”

“我从未猜到您这么年轻，小姐。”波洛殷勤地欠身。

“比你大八岁，所以我有责任照顾你。要是小时候没好好管教，天知道现在你会不会走上邪路。”

“我本来有可能和一位漂亮的女探险家结婚的。”我嘟囔着望着天花板，吐出几个烟圈。

“探险家！”卡洛琳嗤之以鼻，“如果要说女探险家的话——”

她把后半截话吞回肚里去了。

“怎么了？”我反倒被吊起了胃口。

“没什么。不过我想起了附近的某个人。”

她突然又转向波洛。

“詹姆斯坚持说，你认为凶手是家里人。我只能说你搞错了。”

“我也不想搞错，”波洛说，“犯错误可不是我的职业。”

“我已经从詹姆斯和其他人那里打听清楚了，”卡洛琳越说越起劲，对波洛的回应置若罔闻，“我看家人之中只有两个人有机会下手，就是拉尔夫·佩顿和弗洛拉·艾克罗伊德。”

“亲爱的卡洛琳——”

“喂，詹姆斯，别拦着我，我知道自己在说些什么。帕克在门口遇见了弗洛拉，不是吗？但帕克并没听见她伯父对她道晚安。可能她出来之前已经把他干掉了。”

“卡洛琳！”

“我可没说她就是凶手，詹姆斯，我只是说她有嫌疑。事实上，弗洛拉和这年头的其他年轻姑娘一个样，一点都不尊重比她们强的人，自以为什么都懂，照我看她就连一只鸡都杀不了。但事实摆在眼前，雷蒙德先生和布兰特少校都有不在场证明，也有人为艾克罗伊德太太做证，甚至连拉塞尔那女人好像都有证人——算她走运。还剩下谁？只有拉尔夫和弗洛拉！随你怎么说，反正我不相信拉尔夫·佩顿会是杀人凶手。这孩子可是我们亲眼看着长大的。”

波洛沉默许久，凝望着吐出的烟圈冉冉上升。最后他总算开口了，但那心不在焉的语气一反他平日的风格，令人颇为不解。

“比如说，有这么一个普通人，一个非常普通、心中全无杀意的人。他的骨子里潜藏着某种性格缺陷——藏得很深很深，迄今为止都没有人发现，或许一辈子也不会表现出来——那么他将体面地走完人生之路，受到所有人的尊敬。但假设他因为某些缘故而陷入困境——也许不至于如此，也许他是偶然窥见某个秘密——对某人而言性命攸关的秘密。他的第一反应是说出来——履行诚实公民的义务。然后他潜在的性格缺陷开始冒头。这可是个发财的好机会——天降横财啊。他想要钱，渴望搞到这笔钱，而这笔钱又唾手可得。他不必付出代价，只需保持沉默。但这只是开始。他对金钱的欲望与日俱增，渴望弄到更多的钱——越多越好！眼前这座已开采的金矿令他陶醉，他的贪念不断膨胀，贪婪扭曲了他的人性。如果对方是个男人，那尽可随便压榨——但对于女人，逼人太甚是大忌。因为女人有一种说真话的强烈本能。有多少丈夫蒙骗了妻子一辈子，把秘密带进坟墓，而又有多少不忠的妻子对同样不忠的丈夫坦白，从而毁了自己的一生！一旦被逼得走投无路，她们就会不顾一切后果（当然，事后免不了又会后悔），忘掉个人安危，只图一时痛快，倾吐全部真相。我想这个案子就属于这种情况。所谓杀鸡取卵，逼人太甚的结果就是断了财路。可事情还没结束。我们所说的这个人正面临阴谋败露的危险，而他再也回不去了——再也变不回一年前的那个他了。他的道德底线已被全部腐蚀，他在绝望中挣扎，他在打一场败局已定的仗，他已经做好了不择手段的准备，因为真相败露意味着身败名裂。就这样——他刺出了那一剑！”

他戛然而止。这番话仿佛在屋里施下了魔咒，笼罩我们周身的气氛完全无法用言语形容。他那无情的分析，以及对谋杀场景的无情再现，令我们姐弟俩毛骨悚然。

“然后，”他温和地说，“短剑拔了出来，他又恢复本来面目，举止正常，和蔼可亲。可是一旦贪念再度膨胀，他还会继续行凶。”

卡洛琳好容易才缓过劲儿来。“你指的是拉尔夫·佩顿，”她说，“也许你是对的，也许不是，但你没有权利对他进行缺席审判。”

电话铃声突然尖啸起来，我走到前厅拿起话筒。

“喂？”我说，“对，我是谢泼德医生。”

我听了一两分钟，然后简短地回答了几句，放下听筒回到客厅。

“波洛，”我说，“他们在利物浦拘留了一个人，名叫查尔斯·肯特。他们认为他就是那天晚上在芬利庄园出现的陌生人，想让我马上去利物浦辨认一下。”

# 第十八章　查尔斯·肯特

半小时后，波洛、我以及拉格伦警督乘上前往利物浦的火车。警督非常激动。

“起码能摸到一些和敲诈事件有关的线索，”他喜形于色，“电话那头说，这家伙很野蛮，还吸毒。估计从他嘴里挖出点东西不难，只要抓到一丝动机，基本就可以锁定他是杀害艾克罗伊德先生的凶手了。但既然如此，佩顿那小子怎么还藏着不出来呢？整个案子真是一团乱麻。对了，波洛先生，关于那些指纹，你的看法是对的，的确是艾克罗伊德先生本人的指纹。我一开始也这么想，但后来觉得可能性不大，就忽略了。”

我心中暗笑，拉格伦警督显然急于挽回颜面。

“说到这个家伙，”波洛说，“他还没被逮捕吗？”

“没有，只是作为嫌疑人先拘留。”

“那他是怎么辩解的？”

“他说不出什么。”警督咧嘴笑道，“据说他爱耍滑头，警惕性很高，骂人骂得很凶，但基本没有实质内容。”

一到利物浦，波洛受到的热情接待便令我吃了一惊。前来迎接我们的是海耶斯警司，多年前曾和波洛合作办过案。他把波洛的侦破能力捧上了天。

“既然有波洛先生出马，破案只是时间问题。”他高兴地说，“我还以为您退休了？”

“确实退休了，亲爱的海耶斯，但退休后的生活太枯燥了！你无法想象一天又一天消磨时间有多无聊。”

“说得对。所以您就来关注我们的重大发现啦？这位就是谢泼德医生？您应该能认出他吧？”

“我也不敢保证啊。”我有些迟疑。

“你们是怎么抓住他的？”波洛问。

“那家伙的模样在报纸上铺天盖地，大家也议论得那么起劲，他能逃到哪儿去？他带有美国口音，而且他不否认那天晚上人在金斯艾伯特附近，只是拼命追问那到底关我们什么事，只有搞清楚我们的意图，他才肯回答问题。”

“让我见见他可以吗？”波洛问道。

警长心照不宣地眯起一只眼，“那就太好了，波洛先生。我授权您可以采取任何行动。苏格兰场的贾普警督那天还问起过，他听说您以非官方的身份参与了此案的调查。波洛先生，您能不能告诉我佩顿上尉躲在什么地方？”

“现在谈这个问题恐怕不合适。”波洛一本正经地回答。我使劲咬着嘴唇才忍住不笑。

这个小矮子真是深谙此道。

又讨论了一会儿，警长带我们去见那名被拘留的嫌犯。

这人很年轻，估计最多二十二三岁。高个子，很瘦，两手有点哆嗦；健康状态良好，但此刻疲态尽显。他一头黑发，眼珠子却是蓝色的，目光闪烁，不敢直视我们。我记得那天晚上遇到的陌生人给我似曾相识的感觉，但如果是面前这人，那我当时肯定搞错了，我完全想不出认识的人当中有谁和眼前之人存在相似之处。

“喂，肯特，”警长说，“起来，有人来看你。认得他们吗？”

肯特恼怒地瞪着我们，不吭声，目光在我们三人中来回扫视了几圈，最后又落在我身上。

“好吧，医生，”警长对我说，“你看呢？”

“个头差不多，”我说，“总体感觉，有可能就是我遇到的那个陌生人。但我只能辨识到这个程度。”

“你们发什么神经？”肯特质问道，“你有什么证据指控我？说呀，有屁就放！你们以为我犯了什么事？”

我点点头：“就是他，这声音我记得。”

“你记得我的声音？你啥时候听我说过话？”

“上星期五晚上，芬利庄园大门外。你问我去庄园怎么走。”

“我问了，不是吗？”

“你承认了？”警督问道。

“我什么都不承认。除非我搞清楚你们要把我怎么样。”

“读过这几天的报纸了吗？”波洛第一次开口。

对方眯起眼睛。

“原来是这么回事？我在报上看到芬利庄园死了个老财主。想把这事儿栽赃给我是吧？”

“那天晚上你去过那里。”波洛平静地说。

“你怎么知道？”

“这就是证据。”波洛从口袋里掏出一样东西递了过去。

那是我们在凉亭里发现的鹅毛管。

对方脸色骤变，战战兢兢地半伸出手。

“白粉。”波洛沉吟道，“不，我的朋友，管子里是空的。那天晚上你把它掉在凉亭里了。”

查尔斯·肯特迷惑地望着他。

“外国矮冬瓜，看来你他妈的全知道了。还记得不，报上说那老头是在九点四十五分到十点之间被干掉的？”

“没错。”波洛答道。

“好，真是这样吗？我就想问这个。”

“让这位先生告诉你。”波洛说。

他指了指拉格伦警督。警督稍一迟疑，瞄了海耶斯警长一眼，又瞧了瞧波洛，感觉是获得了批准，这才回答：“对，九点四十五分到十点之间。”

“那你们就没理由关着我，”肯特说，“我九点二十五分就离开芬利庄园了，你们可以去‘狗哨’问。那个酒吧在去克兰切斯特的路上，离芬利庄园起码一英里。我还记得在那儿跟人吵了一架，时间差不多就是九点四十五分。怎么样？”

拉格伦警督在本子上记录着。

“怎么样？”肯特又问。

“我们会去调查，”警督说，“如果你说的是实话，就没你什么事了。不过，你去芬利庄园到底有什么目的？”

“去见一个人。”

“谁？”

“你管不着。”

“说话最好客气点，年轻人。”警司警告道。

“客气个屁。我不就办点私事嘛。既然谋杀发生前我就走人了，那剩下的问题该是你们警察自己处理。”

“你名叫查尔斯·肯特，”波洛说，“你出生在哪里？”

那家伙看了他半天，笑了。

“地地道道的英国佬。”他说。

“对，”波洛沉吟道，“我想也对。我猜你出生于肯特郡。”

对方眼睛一瞪。

“为什么？就因为我姓肯特？这关谋杀案屁事？难道姓肯特就非得生在肯特郡？”

“基于某种特殊原因，有这个可能，”波洛特意又重复一遍，“某种特殊原因，你明白我的意思。”

他话里有话，意味深长，两位警官听得莫名其妙。查尔斯·肯特则面红耳赤，我一时以为他要扑向波洛。不过他终究稳住了阵脚，反倒露出一副似笑非笑的表情。

波洛点点头，似乎很满意，转身出门。两位警官连忙跟上。

“得去核实一下他的话，”拉格伦说，“不过我看他没撒谎。然而他总该交代清楚去芬利庄园干了些什么，才能洗清嫌疑。我看敲诈犯我们是逮着了。另一方面，如果他刚才说的全部属实，那他就和谋杀不沾边了。被捕时他身上有十英镑，数额相当可观，估计那四十英镑就落在他手里——虽然钞票编号不对，但他搞到钱后第一件事肯定是去兑换掉。他肯定是从艾克罗伊德先生那里拿到钱，然后脚底抹油就溜。他是否出生在肯特郡重要吗？和案子有什么关系？”

“不值一提，”波洛温和地答道，“我的小计谋而已，没什么。我这人最拿手的就是这些小计谋。”

“真的？”拉格伦疑惑地审视着他。

警司放声大笑。

“我听贾普警督说过好多次，波洛先生的小计谋！他说他实在参不透其中的奥妙，但每次您的计谋都能奏效。”

“您是在取笑我，”波洛笑道，“不过没关系，有时笑到最后的反而是老家伙们，到时候聪明的年轻人却笑不出来了。”

他煞有介事地朝他们点头致意，往街上走去。

我们在一家饭店吃了午餐。现在我才明白，那时他就已经理清了全案的头绪，组成真相的最后一块拼图也捏在他手心里了。

但那时我还没察觉这一点。我之前总看不惯他那自信满满的做派，还自认为既然案情令我百思不得其解，肯定也难倒了他。对我来说，最大的谜团就是查尔斯·肯特在芬利庄园究竟干了些什么。我琢磨了无数次，始终找不出满意的答案，最后只好厚着脸皮去探波洛的口风，他的回答倒也干脆。

“我的朋友，我可不是凭空猜测，我就是知道。”

“真的？”我将信将疑。

“真的，不骗你。如果我告诉你他那天晚上去芬利庄园，是因为出生在肯特郡，你肯定还是稀里糊涂吧？”

我傻眼了。

“这是什么逻辑，恕我理解不了。”我冷冷答道。

“啊！”波洛深表遗憾，“哎，不要紧。我的小计谋我自己掌握。”

# 第十九章　弗洛拉·艾克罗伊德

第二天早晨，我出诊回来时，拉格伦警督在身后打招呼。我停下脚步，警督三步并作两步赶了上来。

“早上好，谢泼德医生。”他说，“唉，不在场证明已经核实过了。”

“查尔斯·肯特的？”

“对。‘狗哨’酒吧的女招待莎莉·琼斯对他印象很深，从五张照片里认出了他。他进酒吧的时间正好是九点四十五分，而且‘狗哨’距离芬利庄园足有一英里。莎莉还说他身上带了不少钱——她亲眼看到他从口袋里掏出一大沓钞票，吓了一大跳，因为那家伙脚上穿的靴子很掉价，不像有钱人。四十英镑的下落应该很明显了。”

“他还是不肯供认为什么去芬利庄园？”

“犟得像头驴。今天早上我和利物浦的海耶斯通了电话。”

“赫尔克里·波洛说他知道那家伙那天晚上去芬利庄园的原因。”

“真的？”警督迫不及待地问道。

“是啊，”我不怀好意地说，“波洛说，肯特去那儿是因为他出生在肯特郡。”

能将我的困惑传染给他，让我心中大为畅快。

拉格伦茫然地瞪了我好半天。接着，他那黄鼠狼般狡诈的脸上掠过一丝微笑，他一拍脑门。

“说到这个，”他说，“我早就这么想了。可怜的老头，这才是他退休定居乡村的原因。一定是家庭遗传，他侄儿脑子就有点不正常。”

“波洛还有个侄子？”我目瞪口呆。

“对。难道他从没透露？听说那孩子倒挺温顺的，就是疯疯癫癫，可怜啊。”

“谁告诉你的？”

拉格伦警督又咧嘴一笑。

“你姐姐谢泼德小姐呗，这都是她说的。”

卡洛琳真行。她非得挖出所有人的家事隐私才算完。很不幸，“严守秘密”这一原则，我怎么教她都学不会。

“快上车，警督，”我推开车门，“一起去‘落叶松’，向我们的比利时朋友通报最新进展。”

“也好。虽然他有点傻，但起码在指纹的问题上还是给了我很有用的提示。不过他未免太在意肯特了，可谁知道呢——也许背后还有隐情。”

波洛和往常一样，笑容满面地迎接我们。

他认真听着我们带来的消息，不时点点头。

“似乎没有漏洞，是吧？”警督闷闷不乐，“他不可能一边杀人，同时又在一英里外的酒吧喝酒。”

“你们打算放了他？”

“没办法，总不能因为他的钱来路不明就一直拘留下去。没法证明他是凶手。”

警督边嘟囔着发牢骚，边将一根火柴投进壁炉。波洛又把它捡出来，扔进一个专门收纳火柴的盒子里。从那机械般的动作中，看得出来他另有所思。

“换作是我，”过了好半天他才说道，“不会这么快释放查尔斯·肯特。”

“这话怎么说？”

拉格伦瞪着他。

“我说了，我不会这么快释放查尔斯·肯特。”

“你该不会认为他和谋杀有关吧？”

“谋杀应该不关他的事，但还不能完全肯定。”

“可我刚才不都说了——”

波洛挥手打断他。

“是的，是的，都听见了，我耳朵又不聋——眼睛也不瞎，感谢上帝！但是你处理这件事完全基于一个错误的……错误的前提。‘错误’这个词我用得还算恰当吧？”

警督狠狠瞪了他一眼。

“我不懂你怎会得出这种结论。请注意，九点四十五分的时候艾克罗伊德先生还活着。这你总该承认吧？”

波洛观察了他半天，微微一笑，摇了摇头。“任何未经确证的事情，我都不会视为理所当然！”

“唔，证据已经很充分了。我们有弗洛拉·艾克罗伊德小姐的证词。”

“你是指她找伯父道晚安？可是——我对年轻小姐的说辞并不总是照单全收的……不，即便她倾城倾国、美若天仙也不行。”

“真见鬼，老兄，帕克明明看见她从书房出来！”

“不，”波洛突然高声反驳，“他明明没看见。我那天用一个小小的实验证明了这一点——还记得吗，医生？帕克只看见她站在门外，手放在门把上，并没亲眼见她走出书房。”

“可是——那她原来在哪儿？”

“也许在楼梯上。”

“楼梯上？”

“这又是我的灵光一闪——没错。”

“可那楼梯只通往艾克罗伊德先生的卧室。”

“完全正确。”

警督又傻眼了。

“你认为她之前去过她伯父的卧室？好吧，为什么？她为什么撒谎？”

“啊！关键就在这儿。这取决于她在卧室里的行动，对吗？”

“你是指——钱？见鬼，莫非你在暗示，偷走四十英镑的是艾克罗伊德小姐？”

“我可什么都没说，”波洛说，“不过我得提醒你，她们母女的日子过得很拮据。账单一大堆，东一笔西一笔，总会让她们捉襟见肘。罗杰·艾克罗伊德管钱管得很严，一点小债就足以使那姑娘走投无路了。不妨设想一下当时的情景：她偷了钱，走下那段小楼梯，半路听见客厅里传来杯盘之声，立刻明白是怎么回事——帕克要去书房。无论如何不能让他发现自己在楼梯上——帕克可不健忘，他会起疑心的。如果到时候发现钱少了，帕克肯定会想起她从楼梯下来的事。当时的时间刚够让她冲到书房门口——把手搭上门把，装出刚从书房出来的模样，接着帕克就过来了。她灵机一动，顺口编出一句台词，把当晚早些时候罗杰·艾克罗伊德的吩咐重复一遍，光明正大地回自己房里去了。”

“不错，但事后她难道没意识到坦白交代的重要性？”警督仍不服气，“这可是整个案件的核心问题啊！”

“事后弗洛拉哪里说得出口。”波洛不为所动，“一开始她只听说家里被盗，来了警察。她自然就立刻得出结论，丢钱的事曝光了。她只能一口咬定自己那套说辞。当她得知伯父遇害时，彻底被吓坏了。先生，这年头的年轻姑娘如果没受到特别大的刺激，是不会轻易晕倒的。好，事已至此，她只有两条路可走：要么咬牙坚持原来的证词，要么就供认一切。而一个年轻貌美的姑娘不可能愿意承认自己是个小偷——尤其是在那些她急于赢得尊重的人面前。”

拉格伦重重一拳捶在桌上。

“我不信，”他说，“这……这太离谱了。你……你早就发现了？”

“一开始我就考虑到了这种可能性。”波洛承认，“我始终认为，弗洛拉小姐对我们有所隐瞒。为了证明这一点，我设计了一个小小的实验，就是刚才说过的那个，谢泼德医生也在场。”

“你当时明明说是去试探帕克。”我没好气地答道。

“我的朋友，”波洛道歉，“之前就告诉过你，必须找个借口。”

警督站起身。

“事不宜迟，”他宣布，“必须立即找她问清楚。一起去芬利庄园怎么样，波洛先生？”

“没问题，就请谢泼德医生开车吧。”

我欣然应允。

我们表明要找艾克罗伊德小姐之后，就被带进了台球室。弗洛拉和赫克托·布兰特少校正坐在靠窗的长椅上。

“早上好，艾克罗伊德小姐，”警督说，“能不能和你单独谈谈？”

布兰特立刻起身往外走。

“什么事？”弗洛拉紧张地问，“别走，布兰特少校。可以让他留下吗？”她扭头问警督。

“随便。”警督冷冷地回应，“职责所在，有一两个问题要请教你，小姐。不过还是不要让他人在场为好，我保证，你也会更希望私下谈。”

弗洛拉紧盯着他，脸色苍白，接着转身对布兰特说：“请你留下——拜托了——是的，我是认真的。无论警督要说什么，我都想让你听听。”

拉格伦耸耸肩。

“好吧，既然你无所谓，那随你便。是这样的，艾克罗伊德小姐，波洛先生有个想法，他认为上星期五晚上你根本没进书房，也没去和艾克罗伊德先生道晚安；当你听到帕克从大厅那边走过来时，你不是在书房里，而是刚从你伯父的卧室出来，正要下楼。”

弗洛拉的视线移向波洛，他点了点头。

“小姐，那天开会时我已恳求您主动坦白。任何事都瞒不过波洛老爹，最后总会被我一查到底，不是吗？好吧，我们就打开天窗说亮话，是你拿了钱，对不对？”

“钱？”布兰特脱口而出。

至少有一分钟时间，房间里鸦雀无声。

接着弗洛拉挺直身子，答道：

“波洛先生说得对，钱是我拿的。我偷了钱，我是个贼——不错，一个普通的、自甘下贱的小偷。现在你们都明白了吧！真相大白，我反倒更开心，过去这几天就像做噩梦！”她突然跌坐下去，双手捂住脸，沙哑的嗓音从指缝间传出，“你们根本不理解，来到这个家之后我过的是什么日子。想买东西，就不得不处心积虑、撒谎、欺骗；欠了一屁股债，对债主低三下四——哦！一想起这些，我就憎恨不已！所以拉尔夫和我才会走到一起，我们都那么脆弱！我理解他，也同情他——他同样寄人篱下。我们都无法自力更生，都是那么脆弱、可悲、可鄙的小人。”

她望着布兰特，突然跺脚大喊：

“你为什么用那种眼光看我——一副难以置信的模样？我的确是个贼——但至少现在的我卸下了伪装，再也不用撒谎，再也不想装扮成你喜欢的那种女孩——年轻、天真、胸无城府。就算你从此再也不想见我，那也无所谓。我憎恨自己，唾弃自己——可你一定要相信，如果说真话能救拉尔夫，我早就会说了。可我一直以为，我的坦白非但帮不到他——而且会将他进一步推向绝境。我死守着我的谎言是为了保护他。”

“拉尔夫，”布兰特说，“明白了——始终绕不过拉尔夫。”

“你没明白，”弗洛拉绝望地说，“你永远也不会明白。”

她又转向警督。

"我什么都承认。我实在没别的办法弄钱了。那天吃完晚饭后，我就再没见过伯父。至于偷钱的事，随您怎么处置，反正也不会比现在更糟了！"

她忽然失声痛哭，捂着脸夺门而出。

"好吧，"警督木然道，"那就这样吧。"

布兰特走上前来。

"拉格伦警督，"他平静地说，"那些钱是艾克罗伊德先生出于某种特殊目的才交给我的，艾克罗伊德小姐一分钱也没碰。她自称偷了钱，其实是撒谎，以为这样就能掩护佩顿上尉。我说的才是真话，我随时可以上法庭宣誓做证。"

他草草一欠身，转身急忙离开房间。

波洛快步追出去，在大厅里赶上他。

"先生——请留步，拜托。"

"怎么了，波洛先生？"

布兰特显然很不耐烦，紧蹙眉头，瞪着波洛。

"是这样，"波洛语速很快，"您的异想天开可骗不了我。不，我不会上当的。钱的确是弗洛拉小姐拿的。不过您那一番话很有想象力，我听了很愉快。您做得非常好，不愧是敢想敢做的男子汉。"

"我才不在乎你的看法，谢谢。"布兰特冷冷地回答。

话音刚落他就要走，但波洛并不生气，反而又拽住他。

"啊！但您一定要听我说完。那天我说每个人都有所隐瞒，很好，您的秘密我早就看穿了。自从见到弗洛拉小姐第一眼，您就全身心爱上她了，对不对？哦！用不着难为情——为什么在英国谈情说爱就是不光彩的秘密呢？您深爱弗洛拉小姐，却想瞒过全世界。很好——这没什么不妥，但请听赫尔克里·波洛一句劝——别对弗洛拉小姐本人隐瞒你的爱意。”

波洛滔滔不绝的时候，布兰特显得异常局促，但最后这两句话吸引了他的注意力。

“这是什么意思？”他厉声问道。

“您以为她还爱着拉尔夫·佩顿上尉——但我，赫尔克里·波洛可以告诉你，不是那么回事。弗洛拉小姐之所以同意嫁给佩顿上尉，纯粹是为了讨她伯父欢心，而且这场婚姻可以让她摆脱目前苦不堪言的生活。没错，她喜欢佩顿上尉，他们之间也不乏同情和理解，但爱情——没有！弗洛拉小姐心中所爱的人，绝不是佩顿上尉。”

“你到底想说什么？”布兰特问道。他黝黑的面庞泛起了红晕。

“您真是个睁眼瞎，布兰特先生！这位小姐非常忠贞。拉尔夫·佩顿现在身负谋杀嫌疑，她是为了他的名誉着想，才坚定地站在他一边。”

我想我也该说几句，促成这桩美事。

“那天晚上姐姐告诉我，”我鼓励他，“弗洛拉过去从没喜欢过拉尔夫，今后也不会喜欢他。卡洛琳对这类问题的看法一向都很准确。”

布兰特似乎没听见我的好话，径直问波洛：“你真的认为——”他欲言又止。

他这人不太善于表达，话在嘴边就是说不出来。笨嘴拙舌到这种程度的人，估计波洛没怎么见过。

“您要是不信，可以当面问她。但也许您再也不愿意——因为偷钱的事——”

布兰特愤怒地笑了。

“你以为我会因此嫌弃她？罗杰对钱总那么吝啬，她生活窘迫，却不敢跟他说。可怜的姑娘，可怜而又孤独的姑娘。”

波洛若有所思地看了看边门。

“我想弗洛拉小姐去花园里了。”他低声道。

“我真是个大白痴，”布兰特突然喊道，“我们的交谈多么古怪啊，像是在演丹麦戏剧一样。您是个大好人，波洛先生，谢谢。”

他紧紧握了握波洛的手，波洛疼得把手一缩。接着布兰特大步迈出边门，走向花园。

“他还不算太笨，”波洛一边咕哝，一边轻轻揉着被握得生疼的手，“只是在爱情面前才变成傻瓜罢了。”

# 第二十章　拉塞尔小姐

拉格伦警督心情恶劣。他像我们一样不相信布兰特编出的英雄救美的谎话。回村里的路上，他不停地发牢骚。

“这样一来，案情的方向全变了，可恶。你的看法呢，波洛先生？”

“没错，我也有同感，”波洛说，“这早就在我意料之中。”

而拉格伦警督则是短短半小时前才意识到的。他不悦地瞥了一眼波洛，继续发表高论。

“那些不在场证明全部作废了！狗屁不值！又得从头再来。现在重点是九点半之后每个人的行踪。九点半——那才是关键的时间点。你对肯特的观点完全正确——眼下还不能释放他。我想想——九点四十五分在‘狗哨’酒吧，如果一路快跑，十五分钟来得及。雷蒙德先生听到有人和艾克罗伊德先生谈话，可能就是肯特——他向艾克罗伊德先生要钱，遭到拒绝。但可以明确的是，给谢泼德医生打电话报信的人不是他。车站在相反方向的半英里之外，离‘狗哨’酒吧的距离超过一英里半，而他十点十分左右才离开‘狗哨’。那通该死的电话！每次我们都卡在这个地方。”

“的确，”波洛也同意，“非常离奇。”

“还有一种可能，如果佩顿上尉溜进继父的书房，发现他已被杀害，也许会打电话报信。然后他心生惧意，生怕嫌疑落到自己头上，就逃走了。应该有这种可能吧？”

“为什么他非得打电话呢？”

“可能他还不确定老头子是不是真的断气了，就想赶紧请医生来，但又不愿暴露身份。对，我说，这思路怎么样？我觉得挺合理。”

警督自命不凡地做了个深呼吸，显然对这番分析信心十足；这时候如果我们还想多嘴，就未免太不识趣了。

车一到我家门口，我急忙赶去接待病人，他们已经等候多时了。波洛陪警督步行去警局。

送走了最后一位病人，我又钻进后院的小屋——所谓“工作室”——我自己鼓捣出了一台无线电收音机，很是自豪。卡洛琳相当厌恶我的工作室，我的工具都放在这儿，不允许安妮拿扫帚和簸箕进来捣乱。大家都说家里的闹钟走得不准，我刚拿来准备修一修，门就开了，卡洛琳的脑袋探了进来。

“唔！原来你在这儿，詹姆斯，”她不太高兴，“波洛先生找你。”

“好吧，”我有点烦躁，被她的突然闯入吓了一跳，手里的一个精密零件也不知掉到哪儿去了，“如果他想见我，可以请他过来。”

“来这儿？”卡洛琳问。

“我说了，请他过来。”

卡洛琳不以为然地哼了一声就出去了。一两分钟后，她把波洛领进来，然后又退出门去，砰的一声使劲关上门。

“啊哈！我的朋友，”波洛搓着手走上前来，“想把我打发走可没那么容易。”

“和警督的事办完了？”我问。

“暂时告一段落。你呢？病人都接待完了？”

“是的。”

波洛坐下来望着我，蛋形脑袋歪向一边，像在回味一个非常好玩的笑话。

“错了，”好半天他才说，“还有一个病人。”

“难道是你？”我吃了一惊。

“啊，不是我，当然不是。我身体很硬朗。说实话，这是我要的一个小计谋。我想见一个人——同时又不想惊动全村上下。如果别人看到一位女士到我家去，难免说三道四——因为是一位女士嘛。但她对你而言只不过是普通病人而已，之前也来过，就不值得大惊小怪了。”

“是拉塞尔小姐！”我惊呼。

“没错。我很想和她谈谈，所以给她留了张便条，约她来你的诊所。你不会生气吧？”

“恰恰相反，”我说，“这是不是意味着我可以在场旁听？”

“那还用说，这是你自己的诊所呀！”

“你知道，”我放下手中的钳子，“整个案子太让人着迷了。就像万花筒一样，每一次转折都让眼前的景象焕然一新。那么，你急着要见拉塞尔小姐的原因是？”

波洛眉毛一扬。

“这不是显而易见吗？”他低声说。

“又来这一套，”我抱怨道，“对你来说一切都显而易见，可我每次都蒙在鼓里。”

波洛和蔼地摇着头。

“别取笑我了，就拿弗洛拉小姐的事来说，警督大为震惊，而你却并不意外。”

“我做梦也想不到她是小偷。”我抗议道。

“偷钱的事嘛——也许出乎你的意料。但我当时一直观察你的表情，你并不像拉格伦警督那样既惊愕又将信将疑。”

我沉思了片刻。

“也许你是对的，”最后我说，“我一直觉得弗洛拉隐瞒了一些事情，所以潜意识里对她的坦白已有心理准备。而拉格伦警督可真是吓坏了，可怜啊。”

“啊！说得没错，那可怜人的思路全被推翻了。趁他心神不宁，我哄着他为我行了些方便。”

“怎么说？”

波洛从口袋里摸出一张便笺，大声读出上面写的几句话：

“芬利庄园主人艾克罗伊德先生于上周五不幸遇害，连日来警方持续追踪其养子拉尔夫·佩顿上尉。佩顿上尉已于利物浦现身，其时正欲登船前往美国。”

他又把便笺折好。

“我的朋友，这条消息明早就会见报。”

我彻底傻眼了，张口结舌。

“但是——但是这不可能！他不在利物浦！”

波洛微微一笑。

“你脑子转得真快！对，我们在利物浦找不到他。拉格伦警督很不乐意让我发这条电报给报社，尤其是在我对他仍有保留的情况下。可我郑重地向他保证，这条消息一见报，必将引出种种有趣的连锁反应，他才肯让步，不过仍然声明后果他概不负责。”

我呆呆地瞪着波洛，他则笑眯眯地望着我。

“我实在搞不懂你这是演哪出戏。”我半天才迸出一句。

“你得动用一下小小的灰色细胞才行。”波洛认真地说。

他起身走向对面的长凳。

“看来你很热衷于钻研机械啊。”观赏过我拆开的那些小玩意儿之后，他说。

谁没一点兴趣爱好呢。我马上将波洛的注意力引到我自制的无线电上。见他颇为赞赏，我就又为他演示了一两件小发明——东西虽然不起眼，但在家里能派上不少用场。

“说真的，”波洛点评，“你应该当个发明家，而不是医生。门铃响了——你的病人来了，我们去诊所吧。”

女管家风韵犹存的仪态早已打动过我，这回我又被震撼了一次。她一身简朴的黑衣衬出高挑的身材，冷傲的态度一如既往，一双大眼睛漆黑发亮，不过那一向苍白的脸颊倒颇不寻常地泛起些许红晕。想来她年轻时一定是个大美人。

“早上好，小姐，”波洛说，“请坐，承蒙谢泼德医生通融，我想借用他的诊所和您讨论一件火烧眉毛的要紧事。”

拉塞尔小姐安然落座，镇静如常。即便她内心汹涌起伏，脸上仍旧平静无波。

“恕我直言，这种谈话方式让人有些别扭。”她说。

“拉塞尔小姐，我有条消息要通知你。”

“是吗？”

“查尔斯·肯特已在利物浦被捕。”

她的神情纹丝不动，只是稍稍睁大眼睛，语气略带挑衅：“那又怎样？”

这时我恍然大悟——一直萦绕心头的那种似曾相识的感觉，终于找到了答案。她那挑衅的口吻与查尔斯·肯特简直是一个模子刻出来的。尽管一个沙哑粗鲁，另一个则努力走贤淑高雅的路线——在音色上却惊人地相似。案发当晚芬利庄园门口那个陌生人令我隐约联想到的，正是拉塞尔小姐。

我对波洛使了个眼色，暗示我有新发现，他微微点头，动作几乎难以觉察。然后他像个地道的法国佬一样，双手一摊，算是对拉塞尔小姐的回应。

“没什么，我还以为您会关心呢。”他温和地说。

“跟我没关系吧。”拉塞尔小姐说，“这个查尔斯·肯特究竟是什么人？”

“他就是谋杀当晚出现在芬利庄园的那个人，小姐。”

“真的？”

“很幸运，他有不在场证明。九点四十五分时他在一英里之外的酒吧中。”

“算他走运。”拉塞尔小姐说。

“可我们还是查不出他去芬利庄园的目的——比如说，和他见面的人是谁。”

“恐怕我帮不上忙，”女管家礼貌地答道，“我没听到什么消息。如果没其他事的话——”

她试探性地动了动，似欲起身，却被波洛阻止了。

“我还没说完呢，”他心平气和地说，“今天早上又有新进展。现在看来，艾克罗伊德先生的遇害时间并不是九点四十五分，而是更早，从八点五十分谢泼德医生离开时起，到九点四十五分之间。”

女管家脸上血色渐失，惨白犹如死灰。她上身前倾，险些栽倒。

“可艾克罗伊德小姐说——艾克罗伊德小姐说过——”

“艾克罗伊德小姐已经承认她撒谎了。那天晚上她没进过书房。”

“那么——”

“那么查尔斯·肯特看样子就是我们要找的人。他去过芬利庄园，却又不肯交代他在那儿干了些什么——”

“我可以告诉您，他根本没碰老艾克罗伊德一根头发，而且一步也没靠近书房。我告诉您，不是他干的。”

她倾身向前，满脸恐惧与绝望，那钢铁般的自制力终于一溃千里。

“波洛先生！波洛先生！您一定要相信我。”

波洛上前拍拍她的肩膀以示安慰。

“是的——是的，我相信您。但您必须说实话，明白吗？”

拉塞尔小姐神色犹疑。

“您说的都是真的？”

“查尔斯·肯特的嫌疑？对，是真的。只有您说出他去芬利庄园的目的，才能拯救他。”

“他是来见我的，”她急急低声道，“我到屋外和他会面——”

“在凉亭里，这我知道。”

“您怎么会知道？”

“小姐，赫尔克里·波洛就是干这一行的。我知道，那天晚上您很早就出去过，在凉亭里留了张字条，提示他会面的时间。”

“没错。我收到他的信——说是要来庄园。我不敢让他进屋，因此就按他给的地址写了回信，说我会在凉亭里见他，又告诉他去凉亭怎么走。然后我又怕他等得不耐烦，所以跑出去在凉亭里留了张字条，说我大约九点十分到。我不想让仆人看见，所以才从客厅的落地窗出去。我回来时撞见了谢泼德医生，他肯定很奇怪，因为我是一路小跑赶回来的，弄得气喘吁吁。我事先并不知道他那天晚上会来赴宴。”

她停住了。

“往下说。”波洛催促，“您九点十分去见他，你们都谈了些什么？”

“真是难以启齿，您知道——”

“小姐，”波洛打断了她，“关于这个问题，我必须知道全部事实才行。您所说的一切绝不会泄露到这间屋子之外。谢泼德医生会严守秘密，我也一样。我会帮助您。这位查尔斯·肯特就是您的儿子，对不对？”

她点点头，满面通红。

“从来没人知道这件事。那是很久以前——很久以前了——在肯特郡。我没结过婚……”

“因此您就用郡名作为他的姓氏，这我理解。”

“我找了份工作，能够负担他的食宿费用。我从没告诉过他我是他的亲生母亲。但他后来走上了歧途，先是酗酒，后来又吸毒。我好不容易才攒够钱送他去了加拿大。有一两年他音信全无，后来不知怎么搞的，他知道了我们的母子关系，写信向我要钱。最后他来信说要回英国，还要到芬利庄园来看我。我不敢让他进门。因为大家一直都很敬重我，一旦被人发现，我这份管家的工作就保不住了。所以我就像刚才说的那样，约他在凉亭碰面。”

“而且那天早上，您也是为了这件事来找谢泼德医生？”

“是的，我想问问有没有什么对策。他染上毒瘾之前本性不坏。”

“明白了，”波洛说，“请接着说。那天晚上他去凉亭了？”

“嗯，我去的时候他已经等着了，态度很差，骂骂咧咧的。我把所有的积蓄都给了他。只是简单说了几句话，他就走了。”

“走的时候是几点？”

“肯定在九点二十分到九点二十五分之间，因为我回屋时还不到九点半。”

“他走哪条路？”

“还从原路出去，就是从大门进来，连着车道的那条小径。”

波洛点了点头。“那您呢？您做了些什么？”

“我回屋里了。布兰特少校边吸烟边在露台上来回踱步，所以我绕道从侧门进去。当时刚好九点半，我已经说过了。”

波洛又点点头，在小本子上记了几笔。

“那就这样吧。”他若有所思地说。

“我该不该——”她迟疑着，“我是不是应该把这些都告诉拉格伦警督？”

“到时候再说，先不着急。我们一步一个脚印，慢慢来。目前警方还没正式对查尔斯·肯特提出谋杀罪的指控。如果案情出现转折，就未必需要抖出您的隐私了。”

拉塞尔小姐站起身。

“太感谢您了，波洛先生，”她说，“您真善良——真是个大好人。您——您确实相信我，对吗？查尔斯和这桩罪恶的谋杀一点关系都没有！”

“毫无疑问，九点半在书房和艾克罗伊德先生谈话的人不可能是您的儿子。您可得振作起来，小姐。一切都会好起来的。”

拉塞尔小姐走了。波洛和我留在屋里。

“又解开一个谜。”我说，“每次我们都绕回拉尔夫·佩顿身上。你怎么能看出和查尔斯·肯特见面的人就是拉塞尔小姐？你也注意到他们的相似之处了？”

“早在去见查尔斯·肯特之前，我就把她和那个神秘人联系起来了。那是在我们发现那根鹅毛管的时候。鹅毛管意味着瘾君子，而你又提过拉塞尔小姐来看病的事。接着我注意到那天的晨报上有一篇关于可卡因的文章，于是豁然开朗。那天早晨她收到一封信——有人染上了毒瘾，她读了报上的文章之后，就跑来试探你几个问题。她提到了可卡因，因为那篇文章里说的就是可卡因。然后，当你来了兴致之后，她又赶快转移话题，聊起侦探小说和稀有毒药。所以我怀疑那家伙是她的儿子或兄弟，要么就是某个行为不检点的亲戚。啊！我该走了，午饭时间到了。”

“留下来一起吃吧。”我提议。

波洛摇摇头，眼中闪过微弱的光芒。

“今天就不打扰了。我可不愿意逼着卡洛琳小姐连续两天吃素。”

我突然发觉，什么也逃不过赫尔克里·波洛的眼睛。

# 第二十一章　消息见报

拉塞尔小姐走进诊所的事自然瞒不过卡洛琳。我未雨绸缪地编了一套她膝盖如何不舒服的借口，谁知卡洛琳居然懒得过问，因为她自认为早就看穿了拉塞尔小姐的真正居心，只有我还蒙在鼓里。

“她分明是来试探你的，詹姆斯。”卡洛琳说，“毫无疑问，她在用最恶心的方式来试探你。我敢说你根本没发觉她的险恶用心。男人都太单纯。她知道波洛信任你，所以想从你嘴里撬点内幕。猜猜我的想法吧，詹姆斯？”

“猜了也白猜，你的异想天开我吃不消。”

“何必挖苦我呢。关于艾克罗伊德先生的死因，我认为拉塞尔小姐知道的可比她说出来的要多。”

卡洛琳得意地靠回椅背上。

“真的吗？”我心不在焉地搭话。

“你今天无精打采啊，詹姆斯，提不起精神。肯定又肝火过旺了吧。”

接下来的对话纯属家务事。

第二天早晨，本地的早报如期刊登了波洛杜撰的消息。我丝毫摸不透波洛的用意，但这一新闻对卡洛琳却产生了重大影响。

她开始厚着脸皮吹嘘这一切早在意料之中，真是胡扯。我扬了扬眉毛，不搭理她。不过卡洛琳心里总不太踏实，所以她又说："可能我没特指利物浦，但我料到他会想办法逃往美国，克里平[1]就是这么干的。"

"但是失败了。"我提醒她。

"可怜的孩子，所以他被捕了。我在琢磨，詹姆斯，你有责任搭救他，让他免受绞刑。"

"那你想让我怎么做？"

"哎，你不是医生吗？你是看着这孩子长大的，就说他患了精神病，不能承担刑事责任。照这么说准没错。前几天我刚在报上看到，那些精神病人在布罗德莫[2]住得很滋润——那地方简直成了上流社会的俱乐部。"

卡洛琳这话倒让我想起另一件事。

"我从没听说过波洛还有个痴呆的侄儿。"我好奇地问。

"你不知道？哦，他全告诉我了。可怜的孩子，家门不幸啊。他一直被锁在家里，但病情越来越严重，恐怕只

①霍利·哈维·克里平（Hawley Harvey Crippen，1862—1910），英国轰动一时的"杀妻医生"。一九一〇年一月将其妻杀死分尸藏匿于地下室，同年与其情妇化装成父女乘船前往加拿大，途中被警方逮捕，后来判处绞刑。但此案历来争议颇多，成为百年悬案。

②布罗德莫精神病院（Broadmoor），英国一所专门关押精神病犯人、戒备森严的医院，位于英国南部的伯克郡。

能送去精神病院了。”

“估计波洛全家的情况你都摸清了。”我十分恼怒。

“那是，”卡洛琳得意扬扬，“找人倾诉烦恼对他来说也是一种解脱。”

“也许吧，如果他们是自愿的话，”我说，“但如果被迫泄露隐私，就是另一回事了。”

瞧卡洛琳那眼神，俨然一副殉道圣徒视死如归的风范。

“你太自私了，詹姆斯，”她说，“你讨厌说闲话，自己把嘴封得严严实实，却以为人人都得跟你学。我可从不强迫别人透露隐私。比如，如果波洛先生今天下午过来的话——他之前说要来我们家的——我才不会追问今天一早谁进了他家门。”

“今天一早？”我追问道。

“特别早，”卡洛琳说，“那时牛奶都还没送来。我恰好朝窗外瞄了一眼——因为窗帘被风吹起来了。是个男人，从轿车里下来，全身裹得严严实实，看不到他的脸。但我可以先告诉你我的猜测，回头你就知道我多有先见之明了。”

“你觉得他是谁？”

卡洛琳神秘兮兮地压低嗓门。

“内政部的专家。”她几乎是用气息在说话。

“内政部的专家？”我惊呆了，“亲爱的卡洛琳！”

“走着瞧，詹姆斯，回头由不得你不服我。拉塞尔那女人那天早上来找你打听毒药的事情，然后罗杰·艾克罗伊德那天的晚餐很可能被人轻而易举地下了毒。”

我笑得合不拢嘴。

“荒谬，”我喊道，“他是脖子上被刺了一剑，你难道不知道？”

“死后才刺进去的嘛，詹姆斯，”卡洛琳说，“放烟幕弹。”

“好姐姐啊，”我说，“是我验的尸，我对自己下的结论是要负责任的。那伤口绝不是死后才形成的——那一剑就是致命死因，百分之百不会错。”

卡洛琳依然摆出无所不知的派头，我被惹火了，又说：“请教一下，卡洛琳，我到底拿没拿到医学学位？”

“有啊，詹姆斯，我敢说——至少，我知道你拿到过。但无论如何，你的想象力太可怜了。”

“既然上帝给了你三人份的想象力，就没什么留给我了。”我冷冷答道。

下午波洛如约而来，卡洛琳使出浑身解数刺探情报，我不禁暗自好笑。姐姐没有直接发问，而是运用所能想出来的种种伎俩，拐弯抹角地把话题引向波洛的神秘客人。从波洛眼中的光芒，我知道他早已识破了卡洛琳的意图。他一一回应，无形中化解了卡洛琳的攻势。到最后卡洛琳自感无趣，接不下去了。

说不定波洛还蛮享受这场小游戏。他站起身，提议去散散步。

“我需要放松一下，”他解释，“一起去吧，医生？麻烦卡洛琳小姐待会儿帮我们准备些茶点。”

“没问题，”卡洛琳说，“您那位——呃——那位客人也来吗？”

“您真是太好了，”波洛说，“可惜我的朋友正在休息。不过我很快就会介绍您与他认识的。”

“有人说，他是您的老相识。”卡洛琳鼓起勇气发出最后一击。

“是吗？”波洛咕哝着，“哎，该走了。”

不出所料，我们前进的方向是芬利庄园。我渐渐开始领会波洛的办案方法了。每片看似孤立的拼图，其实都是案情全貌不可或缺的一部分。

“有件任务要拜托你，我的朋友。”他最后说，“今晚我想在家里举办一次小小的聚会，你能来参加吗？”

“当然。”我说。

“很好。我还要请芬利庄园的各位出席——也就是：艾克罗伊德太太、弗洛拉小姐、布兰特少校、雷蒙德先生。这次聚会定在晚上九点开始，麻烦你去请他们怎么样？”

“好啊。你怎么不亲自去请？”

“因为他们会问：为什么？你想干什么？他们会追问我的目的，而如你所知，我的朋友，我很不喜欢时机没成熟就公开我的小计谋。”

我微微一笑。

“我提到过的朋友黑斯廷斯常常称我为牡蛎，嘴封得太紧。但他这种说法未免有点不公正。我从不刻意隐瞒事实。但每个人对事实都各有各的理解。”

“你想让我什么时候去请？”

“如果你方便，现在就去。我们离大宅已经很近了。”

“你不进去？”

“不用了，我在庄园里转转就好。十五分钟后我们在门房会合。”

我点了点头，前去执行任务。只有正喝早茶的艾克罗伊德太太一人在家，她殷勤地接待了我。

“真不知该怎么感谢您，医生，”她小声说，“多亏您向波洛先生说明了那件小事。人生真是多灾多难哪，一波未平，一波又起。弗洛拉的事您听说了吗？”

“出什么事了？”我小心翼翼地问。

“弗洛拉和赫克托·布兰特订婚了。当然，不如她和拉尔夫那么般配，但不管怎么说，幸福最重要。亲爱的弗洛拉需要年纪大一点的男人——稳重可靠的人，而赫克托确实是个很特别的男人。您看到晨报上拉尔夫被捕的消息了吗？”

“是的，”我说，“看到了。”

“太可怕了。”艾克罗伊德太太闭上眼睛，浑身战栗，

“雷蒙德急坏了，他打电话到利物浦，可那边的警察什么也不说。事实上，他们声称根本没逮捕拉尔夫。雷蒙德先生坚持认为这都是一场误会，是——怎么说来着？报纸造谣炒作。我禁止任何人在仆人们面前提起此事。太丢脸了。想想看，弗洛拉要是真的嫁给他，后果不堪设想啊。”

艾克罗伊德太太痛苦地闭着眼睛。估计我还得耗上好一阵才能替波洛发出邀请。

没等我开口，艾克罗伊德太太又说：“昨天您和那个可恶的拉格伦警督来家里了对吗？那家伙残忍到了极点——他威胁弗洛拉承认拿了可怜的罗杰房里那些钱。其实这件事很简单，真的。这乖孩子想借几英镑，又不愿意让她伯父烦心，因为他管钱管得很严。既然她知道放钱的地方，就自己去拿了一点。”

“这是弗洛拉的说法？”我问道。

“亲爱的医生，您又不是不了解现在的姑娘们，特别容易被人误导。您自然也很了解催眠术什么的，那个警督冲她大吼大叫，张口闭口嚷嚷着‘小偷’，可怜的孩子因为受到羞辱而语无伦次——或是什么病态恐惧症来着？——我总分不清这两种症状——居然真的以为自己偷了钱。我一眼就看出问题所在。不过谢天谢地，这场误会反而撮合了他们俩——我是指赫克托和弗洛拉。不瞒您说，过去我一直担心弗洛拉，哎，我本来还以为她和年轻的雷蒙德之间有点暧昧呢。您想想！”艾克罗伊德太太嗓门越来越大，其中蕴涵的恐惧感格外刺耳，“一个私人秘书而已——根本没多少家产。”

“要是她真和雷蒙德好上了，对您肯定是个沉重打击，”我说，“好了，艾克罗伊德太太，赫尔克里·波洛先生托我捎一条口信。”

“给我捎口信？”

艾克罗伊德太太顿时警觉起来。

我急忙解释了波洛的意图，让她放心。

“没问题，”艾克罗伊德太太顾虑重重，“既然波洛先生要求，那我们非去不可。但他究竟打的什么主意？我想先了解一下比较好。”

我只得老实说，我自己也不比她知道得多。

“好吧，”艾克罗伊德太太最后勉强答应，“我会转告其他人的，九点钟准时到。”

于是我就告辞了，到约定的地点和波洛会合。

“恐怕我待了不止十五分钟，”我说，“这位太太一打开话匣子就没完没了，我连插嘴的机会都没有。”

“没关系，”波洛说，“我正自得其乐呢，这里的花园太美了。”

我们踏上归途。刚到家，卡洛琳便出人意料地亲自开门，显然一直在等着我们回来。

她用食指挡住嘴唇，难抑自得与兴奋之情。

“厄休拉·伯恩，”她说，“芬利庄园的客厅女仆，她在这里！我让她在餐厅里等着。她的状态非常糟糕，可怜的姑娘。她说必须马上见波洛先生。我已经尽量安抚她，给她沏了杯热茶。看见别人这副模样，我真不忍心。”

“她在餐厅？”波洛问道。

“这边请。”我推开餐厅的门。

厄休拉·伯恩正坐在餐桌旁。她的双臂在面前摊开，显然刚刚一直把头埋在中间哭泣，一双眼睛又红又肿。

“厄休拉·伯恩。”我轻声喊道。

但波洛闪过我身旁，朝她伸出双手。

“不，”他说，“这名字只对了一半。不该称呼你厄休拉·伯恩，对吗，孩子——应该是厄休拉·佩顿？你是拉尔夫·佩顿太太。”

# 第二十二章　厄休拉的证词

厄休拉默默望了波洛一会儿，然后再也无法自持。她点点头，突然抽泣起来。

我身后的卡洛琳连忙上前搂住她，轻轻拍着她的肩膀。

“好了，别哭，亲爱的，”她安慰道，“会没事的。你看吧——一定会没事的。”

虽然卡洛琳好奇心极重，又热衷散播流言飞语，但她其实非常善良。见厄休拉如此伤心，她都顾不上追究波洛揭开的秘密了。

过了一会儿，厄休拉坐直身子，擦干眼泪。

“我太脆弱、太愚蠢了。”她说。

“不，不能这么说，孩子，”波洛好言抚慰，“这一星期来你承受的压力，我们都能理解。”

“一定是可怕的煎熬。”我说。

“我们结婚的事您都知道了。”厄休拉接着说，“可您是怎么发现的？是拉尔夫说的吗？”

波洛摇摇头。

“您应该了解今晚我赶来的原因，”她说，“这个——”

厄休拉拿出一张皱巴巴的报纸，我立刻认出了那则出自波洛手笔的新闻。

“报上说拉尔夫已经被捕。既然现在做什么都于事无补，我也没必要再遮掩下去了。”

“报纸上的东西未必都能信，小姐，”波洛略有愧色，低声答道，“话说回来，你最好把所有内情都讲清楚，现在我们最需要的就是真相。”

厄休拉欲言又止，将信将疑地望着他。

“你不信任我，”波洛温和地说，“但又特意来找我？为什么？”

“因为我不相信拉尔夫会杀人，”厄休拉的声音很轻，“您那么聪明，一定能让真相大白。而且——”

“什么？”

“我觉得您很善良。”

波洛频频点头。

“这很好——嗯，这非常好。听着，我真心相信你丈夫是清白的——但事态已经趋于恶化。如果要我救他，就得把你知道的一切都说出来——即便表面看上去对他不利也没关系。”

“您真善解人意。”厄休拉说。

“你愿意全部说清楚，是吗？就从头开始吧。”

“你不会轰我走吧？”卡洛琳边说边坐进一把扶手椅，

"我就想知道，这孩子为什么冒充客厅女仆？"

"冒充？"我追问。

"对，就是冒充。为什么？为了打赌？"

"为了生存。"厄休拉木然答道。

接着她鼓起勇气开始自陈身世。下面我用自己的话简要复述一遍。

厄休拉·伯恩家里有七口人——是家道中落的爱尔兰名门世家。父亲去世后，家中的大多数姑娘不得不外出谋生。厄休拉的大姐嫁给了弗里奥特上尉，我上星期天拜访的就是她。现在就不难理解当时她坐立不安的原因了。厄休拉决意自力更生，但她不想去当保姆——那种工作任何未经训练的姑娘都能胜任。厄休拉选择了客厅女仆的工作。但她不屑于以"贵族小姐出身的客厅女仆"自居，而是真真正正想做好客厅女仆的分内事。她姐姐为她出具了介绍信。在芬利庄园，她的与众不同招来了非议，然而她的工作无可挑剔——手脚麻利、吃苦耐劳、办事周全。

"我喜欢这份工作，"她解释说，"而且有很多自由支配的时间。"

接着她就谈到如何与拉尔夫·佩顿相识、相恋，最后暗结连理。这不是厄休拉的本意，但最后拉尔夫说服了她。他声称不能让继父知道他娶了穷人家的姑娘，所以最好先秘密结婚，等时机成熟再告诉他。

于是厄休拉·伯恩成了厄休拉·佩顿。拉尔夫说他想先还清债务，找份工作，等到有能力养活她、不必再依赖继父时，再向他公开婚讯。

但对拉尔夫·佩顿这种人而言，要想改过自新真是说起来容易做起来难。他一面希望把结婚的事瞒着继父，一面又希望能说服继父替他还债，扶持他重新立足。但罗杰·艾克罗伊德一听说拉尔夫欠钱的金额，顿时大发雷霆，不肯拉他一把。几个月后，拉尔夫又被召回芬利庄园。罗杰·艾克罗伊德直接抛出一个天大的难题：他希望拉尔夫能迎娶弗洛拉。

至此，拉尔夫·佩顿再次暴露了他的性格缺陷。他重蹈覆辙，选择了最简单、最直接的解决方式。从厄休拉的陈述中不难听出，弗洛拉和拉尔夫之间没有爱情；对双方来说，这都不过是一笔交易而已。这桩婚事对弗洛拉意味着自由、财富以及远大前程，而拉尔夫自然另有打算。他的经济状况日益恶化，这次机会无异于一根救命稻草，可以让他还清债务，从头开始。拉尔夫并不是那种善于计划长远之事的人，但估计他也预料到，将来和弗洛拉解除婚约只是时间问题。弗洛拉和他约好暂时不公布婚事，他也想方设法瞒着厄休拉。因为他本能地意识到，厄休拉坚韧果决的个性容不得欺骗，绝不可能赞成这种安排的。

决定性的时刻来到了，一贯专横独断的罗杰·艾克罗伊德决定公布两个年轻人的婚讯。他在拉尔夫面前只字不提，只找弗洛拉谈了谈。弗洛拉虽态度冷淡，但也不反对。可对于厄休拉来说，这一消息无异于晴天霹雳。她急忙将拉尔夫从城里叫回来，二人在小树林中私会——正是被我姐姐偷听到的那一次。拉尔夫乞求她暂时别声张，但厄休拉坚决不同意躲躲藏藏，决定马上将真相告知艾克罗伊德先生，刻不容缓。夫妻俩大吵一架，不欢而散。

厄休拉主意已定，就于当天下午直接找罗杰·艾克罗伊德摊牌。他们的对话火药味十足——要不是罗杰·艾克罗伊德已经麻烦缠身，还会吵得更凶。但局面仍然在恶化。艾克罗伊德不会轻易谅解欺骗他的人。他几乎把怒火都发泄在了拉尔夫头上，但厄休拉也不免受到连累，因为艾克罗伊德认为她处心积虑“勾引”大富翁的养子。双方彻底翻脸。

这天晚上，厄休拉如约溜出侧门，去凉亭见拉尔夫。这次会面演变成两人的互相指责。拉尔夫责怪厄休拉不合时宜地泄露天机，毁了他的前程；而厄休拉则斥责拉尔夫玩弄感情。

两人分开后才半小时多一点，罗杰·艾克罗伊德的尸体就被发现了。那天晚上之后，厄休拉再也没见过拉尔夫，也没收到他的消息。

听了厄休拉的一番话，我越来越惊觉这一系列事实多么可怕。如果艾克罗伊德活着，必定会修改遗嘱——我太了解他了，他第一件要办的事就是这个。而他的死对拉尔夫与厄休拉而言无异于一场及时雨。无怪乎厄休拉闭口不言，继续扮演客厅女仆的角色了。

波洛的话打断了我的沉思。从他严肃的语气中，不难听出他也深感形势严峻。

“小姐，我有个问题，你必须如实回答，因为这是全案的关键：你和拉尔夫在凉亭分手是什么时间？先思考一下再回答也不迟，你的答案需要非常精确。”

厄休拉苦笑着。

“您以为我没有在心里反复确认吗？我出去见他时正好九点半。布兰特少校在露台上散步，为了避开他，我只好绕远路穿过树丛。我到达凉亭的时间应该是九点三十三分左右。拉尔夫已经在那儿等我了。我和他一起待了十分钟——不会比这更久，因为我回到屋里时刚好九点四十五分。”

此刻我才恍然大悟，那天她之所以执着于时间问题，就是因为她渴望能证明艾克罗伊德遇害的时间在九点四十五分之前，而非之后。

波洛的下一个问题也瞄准了这里。

“谁先离开凉亭的？”

“我。”

“你把拉尔夫一个人留在凉亭里？”

“是的——但您该不会认为——”

“小姐，我的看法并不重要。你回去以后都做了些什么？”

“我回自己房间了。”

“一直待到什么时候？”

“十点左右。”

“有人能证明吗？”

“证明？您是指证明我在自己屋里吗？哦，没有人做证。但是肯定——啊！我懂了，他们可能认为——他们可能认为——”

她的双眼中霎时涌出惊惧的神色。

波洛帮她把话说完。

“认为是你从窗户潜入书房，趁艾克罗伊德先生坐在椅子上的时候一剑刺死他的？没错，他们很可能会转而这样推断。”

“只有蠢猪才会这么想。”卡洛琳愤愤不平地说。

她轻轻拍了拍厄休拉的肩膀。后者把脸埋进双手。

“太可怕了，”她喃喃自语，“太可怕了。”

卡洛琳亲切地摇摇她。

“别担心，亲爱的，”她说，“波洛先生可没那么想。至于你丈夫，坦白说，我对他很有意见。他居然一走了之，让你独自担惊受怕。”

但厄休拉拼命摇头。

“哦，不，”她哭喊道，“没那回事，拉尔夫绝不会为了自己而逃跑。现在我明白了，他听到艾克罗伊德先生的死讯时，很可能以为凶手是我。”

“他才不会往那方面想呢。”卡洛琳说。

“那天晚上我对他太残忍了——那么强硬、那么刻薄。我应该试着听他解释的——但我不相信他真的在乎我，只顾把我对他的所有看法全部倒出来，用了我能想到的一切最冷酷、最无情的词——我是在不遗余力地伤害他。”

“哪能伤到他啊。”卡洛琳说，“不用担心你对男人都说过些什么，他们都相当自以为是，除了奉承话，什么都听不进去。”

厄休拉仍然紧张地绞着双手。

“谋杀案发生后，他一直没露面，我好担心。我本来还猜测——但马上我就坚信他不会——他不会……可是我希望他能回来澄清自己。我知道，他很信赖谢泼德医生，没准谢泼德医生知道他躲在什么地方。”她扭头对我说，“所以那天我才会把我所做的一切都告诉您，心想如果您知道他的藏身之处，应该会转告给他的。”

“我？”我吃惊地问。

“詹姆斯怎么知道他藏在哪儿？”卡洛琳严厉地追问。

“我也清楚这不太可能，”厄休拉承认，“但拉尔夫经常提起谢泼德医生。我知道在金斯艾伯特，他最好的朋友应该就是谢泼德医生了。”

“好孩子，”我说，“我完全不清楚拉尔夫现在的去向。”

“千真万确。”波洛也帮腔。

“可是——”厄休拉大惑不解地拿出那张剪报。

“啊！那个呀，”波洛有些尴尬，“小姐，那只不过是废纸一张，毫无用处。我从来不相信拉尔夫·佩顿被捕了。”

“但是怎么——”厄休拉缓缓开口。

波洛连忙转移话题。

“还有个问题——佩顿上尉那天晚上穿的是鞋子还是靴子？”

厄休拉摇着头。“我忘了。”

“真遗憾！不过这也难怪。好了，小姐，”他歪头一笑，夸张地摇晃着食指，“没有其他问题了。你也别太自责，打起精神来，要相信赫尔克里·波洛。”

# 第二十三章　嫌疑人齐聚一堂

“好了，孩子，”卡洛琳站起身说道，“上楼休息一下吧。别担心，亲爱的，都交给波洛先生好了，你只管放心。”

“我该回芬利庄园了。”厄休拉有点为难。

但卡洛琳不容分说地拉住她。

“胡说，现在你归我管，至少目前你得留下——呃，波洛先生的意见呢？”

“这样最好，”比利时小矮人也同意，“今晚我想请小姐——抱歉，应该是佩顿太太——参加我召集的小聚会，在我家，九点钟。一定要让她来。”

卡洛琳点点头，陪厄休拉出去了。门关上后，波洛又坐回椅子里。

“目前为止一切顺利，”他说，“案情正自动趋于明朗。”

“但拉尔夫·佩顿的处境却更加不妙了。”我闷闷不乐地说。

波洛点点头。

“是啊，但这也是可以预料到的，不是吗？”

我莫名其妙地望着他。他靠着椅背，眯着眼，十指指尖相抵。突然，他叹了口气，又摇摇头。

“怎么了？”我问。

“我常常思念我的朋友黑斯廷斯。他现在定居阿根廷了，我之前跟你提过。每次办大案子，身边总有他，而且他对我帮助很大——是的，帮助很大。因为他总能在不知不觉中发掘出真相——当然，他自己常常留意不到。有时他会说些傻话，而正是这些傻话让我豁然开朗！还有，他喜欢将案情进展书写下来，这个习惯也非常有意思。”

我有点难为情地轻声干咳。

“说到这个——”我欲言又止。

波洛坐直了，两眼放光。

“怎么？你想说什么？”

“哎，不瞒你说，我读过几本黑斯廷斯上尉写的书，于是我就想，我为什么不尝试一下呢？否则我会抱憾终身的。这样的机会毕竟难得，我这辈子很可能就这一次能参与破案啊。”

我浑身不自在，越来越语无伦次，结结巴巴地说完了这番话。

波洛跳了起来，我真怕他给我来个法式拥抱，幸好他忍住了。

"太棒了——你把调查过程中的感想都记录下来了？"

我点点头。

"非常好！"波洛喊道，"快给我看看，就现在。"

他的要求过于突然，我有些措手不及，好半天才回想起我写下的某些细节可能并不合适。

"你别太介意，"我吞吞吐吐地说，"有些地方——呃——我写得可能过于个人化了。"

"哦！这完全可以理解。你不止一次将我刻画得滑稽可笑，甚至荒诞不经，对吗？没关系，黑斯廷斯有时也不太拘礼。这种小问题我一向都不在乎。"

我依然举棋不定，但还是从书桌抽屉里拿出一沓乱糟糟的手稿递给他。考虑到将来可能将这些文字付诸出版，我划分了若干章节，昨晚刚更新到拉塞尔小姐来访这部分。所以交给波洛的一共有二十章。

这些手稿就留给波洛自己看了。

今天出诊的目的地比较远，回家时已经过了晚上八点。迎接我的是热腾腾的晚餐。姐姐说七点半的时候波洛和她一起吃了饭，饭后波洛去了我的"工作室"，继续读那份手稿。

"詹姆斯，"姐姐说，"你在手稿中没说我坏话吧？"

我吓了一大跳，下巴差点掉下来。这个问题我写稿时还真没留意。

"反正不要紧，"卡洛琳一眼看透我的心思，"波洛先生是非分明。他更能理解我，比你强多了。”

我走进工作室，只见波洛坐在窗边，身旁椅子上整齐地叠放着手稿。他一手按住手稿说：“很好，我要祝贺你——为了你的谦逊！”

“噢！”我大吃一惊。

“以及你的克制。”他又补充。

我又是一声“噢！”

“黑斯廷斯的写法与你不同，”我的朋友继续说道，“每一页上都有很多个‘我’，他的想法和行动一目了然。而你则将自己放在幕后，只有寥寥几次出场——而且仅限于描述日常生活罢了。我说得对不对？”

他目光炯炯地注视着我，让我有点脸红。

“你到底觉得这稿子怎么样？”我紧张地问。

“那我就直说了？”

“说吧。”

波洛收起那副开玩笑的神态。

“一丝不苟，无比精确。”他和蔼地说，“你将案情的来龙去脉如实记录下来，不过很少提及你自己在其中发挥的作用。”

“对你有帮助吗？”

“有，帮助大着呢。走，该去我家了，好戏就要开场，得先布置好舞台。”

卡洛琳守在玄关，想必一心盼望着波洛邀她一起去。

可波洛十分高明地敷衍过去了。

“我多希望您也能到场啊，小姐，”他遗憾地说，“但眼下的时机不太合适。您要知道，今晚来的可都是嫌疑人，我要从他们当中揪出杀害艾克罗伊德先生的凶手。”

“你是说真的？”我很是怀疑。

“看来你不信，”波洛冷冷答道，“你还没领教过赫尔克里·波洛的真本事呢。”

这时厄休拉下楼了。

“准备好了吗，孩子？”波洛说，“好，一起去我家吧。卡洛琳小姐，非常感谢你这么关照她。晚安。”

卡洛琳站在门口的台阶上，眼巴巴目送我们离去，仿佛是条小狗，恳求主人带它出去散步，却遭到无情的拒绝。

“落叶松”的客厅里已经布置妥当。桌上摆着各种糖浆饮品和玻璃杯，还有一盘饼干。仆人从其他房间搬来了好几把椅子。

波洛忙着调整屋内的摆设，到这边稍稍拖出一把椅子，到那边挪挪一盏台灯，偶尔还弯腰拉平地上的垫子。他格外关心照明问题，特意将灯光聚集到集中摆着椅子的房间一侧，另一侧的光线则十分暗淡——我猜他本人肯定要坐在这一边。

厄休拉和我在一旁观望。没多久门铃就响了。

“他们来了。”波洛说，“很好，准备就绪。”

房门开了，来自芬利庄园的客人们鱼贯而入。波洛迎向艾克罗伊德太太和弗洛拉。

“两位能赏脸光临真是太好了，”他说，“也欢迎布兰特少校和雷蒙德先生。”

秘书还和平时一样轻松愉快。

“您又有什么点子？”他笑道，“先进的科学仪器？箍住手腕测量脉搏的测谎仪？您肯定准备了新发明吧？”

“我在报上见过那种东西。”波洛承认，“但我这种老古板只懂得老办法，只要有我的小小灰色细胞就足够了。那么我们开始吧——不过我要先向大家宣布一件事。”

他牵着厄休拉的手，把她拉到众人面前。

“这就是拉尔夫·佩顿夫人，她和佩顿上尉已于今年三月结婚了。”

艾克罗伊德太太低声惊呼：“拉尔夫！结婚了！今年三月！哦！太荒唐了，他怎么能这样？”她瞪着厄休拉，仿佛从来都不认识她，“和伯恩结婚了？”她说，“波洛先生，这我可没法相信。”

厄休拉满脸通红，正要开口，却被弗洛拉抢了先。

弗洛拉飞快地跑到厄休拉身边，挽住她的胳膊。

“请一定谅解我们表现出的惊讶，”她说，“我们大家都被瞒住了。你和拉尔夫真会保密。我——我衷心祝福你们。”

“您真好，艾克罗伊德小姐。”厄休拉低声说，“您完全有愤怒的理由，拉尔夫做事太不可靠了——尤其是对您。”

“不用担心，”弗洛拉轻拍她的胳膊，安慰道，“拉尔夫也是迫于无奈才走了这条路。换了我可能也会这么做。但他应该信任我，和我分享秘密才对，我不会为难他的。”

波洛轻叩桌子，严肃地清清喉咙。

“会议马上开始了，”弗洛拉说，“波洛先生提醒我们别再聊天啦。但再告诉我一件事就好：拉尔夫在哪儿？如果有人知道的话，只能是你了。”

“可我也不知道啊，”厄休拉快哭了，“真的，我不知道。”

“他不是在利物浦被捕了吗？”雷蒙德问，“报上说的。”

“他不在利物浦。”波洛立刻回答。

“其实，没有人知道他的去向。”我说。

“除了赫尔克里·波洛，呃？”雷蒙德说。

对他的玩笑，波洛正色回应：“请记住，我什么都知道。”

雷蒙德扬了扬眉毛。

“什么都知道？”他吹了声口哨，“哟！口气不小。”

“你真能猜出拉尔夫·佩顿藏在哪儿？”我也十分怀疑。

“用你的话说是‘猜’，用我的话说就是‘知道’，我的朋友。”

“在克兰切斯特？”我赌了一把。

“不，”波洛郑重地说，“不在克兰切斯特。”

他不再说了，打了个手势，众人纷纷落座。大家刚坐稳，门又开了，来者是帕克和拉塞尔小姐，他们坐到了靠近门口的位置上。

“到齐了，”波洛说，“所有人都到场了。”

听得出来，他很满意。他话音刚落，对面的众人脸上都掠过一丝不安，仿佛这间屋子是一个陷阱——一个让人插翅难飞的陷阱。

波洛煞有介事地宣读了一份名单。

“艾克罗伊德太太、弗洛拉·艾克罗伊德小姐、布兰特少校、杰弗里·雷蒙德先生、拉尔夫·佩顿太太、约翰·帕克、伊丽莎白·拉塞尔。”

他把名单放在桌面上。

“这是什么意思？”雷蒙德率先发问。

“我刚才读的是嫌疑人名单，”波洛说，“在座的各位都有机会谋杀艾克罗伊德先生——”

艾克罗伊德太太惊呼一声跳起来，喉咙里直响。

“我不喜欢这样，”她哀声连连，“我不喜欢这样，我要回家。”

“您得听我把话说完才能回家，太太。”波洛严厉地阻止。

他稍停片刻，又清了清喉咙。

“我从头开始说起。接到艾克罗伊德小姐的委托后，我就和好心的谢泼德医生一起去了芬利庄园。我们来到露台，看了窗台上的鞋印。然后拉格伦警督又把我带到通往车道的那条小路上。一座小凉亭吸引了我的目光，经过仔细搜查，我找到了两件东西——一小片浆过的丝绢和一支空的鹅毛管。那片丝绢立刻令我联想到女仆的围裙。拉格伦警督给我看大宅中的仆役名单时，我一眼就注意到其中一名女仆——客厅女仆厄休拉·伯恩——并没有真正的不在场证明。根据她本人的说辞，九点半到十点之间她都待在卧室里。但假设她是在凉亭里呢？那她必定跑去和某人会面了。根据谢泼德医生的证词，我们知道当晚确实有个外人来过——就是他在庄园门口遇到的陌生人。乍看之下问题已经解决，那个陌生人是去凉亭见厄休拉·伯恩的。从那根鹅毛管推断，他也确实去过凉亭。我马上就想到此人是一名瘾君子——而且他是在大西洋彼岸染上毒瘾的，'白粉'在那边可比在我们这儿流行得多。谢泼德医生遇到的人带有美国口音，也符合我的假设。

"但我在其中一个环节上遇到了阻碍——时间衔接不上。九点半之前厄休拉·伯恩不可能去过凉亭，而那个男人到达凉亭的时间则肯定是刚过九点。当然，我可以假设他在那里等了半个小时。除此之外就只有一种可能性了：那天晚上其实有两组不相干的人先后在凉亭里会面。从这条思路出发，我立刻发现了几个明显的事实。我得知女管家拉塞尔小姐那天早上找过谢泼德医生，对戒毒方法表现出极大兴趣。联系到鹅毛管，我便推断那男人去芬利庄园是要找拉塞尔小姐，而非厄休拉·伯恩。那么，厄休拉·伯恩到凉亭是和谁会面呢？这个谜很快揭开了。首先我发现一枚结婚戒指——内侧刻着‘R.赠’和日期；接着我得知，九点二十五分左右有人看见拉尔夫·佩顿出现在通往凉亭的小径上，我又听说同一天下午有人在村子附近的小树林里密谈——主角是拉尔夫·佩顿和某个姑娘。将这些事实环环相扣，顺序如下：一场秘密婚姻；谋杀当天曝光的订婚消息；树林里的激烈争吵；晚上在凉亭中的约会。

“于是，我无意间看穿了一点：拉尔夫·佩顿和厄休拉·伯恩（或者厄休拉·佩顿）都有非常强烈的动机除掉艾克罗伊德先生。而另外一个问题也就意外地明确了：九点半在书房里和艾克罗伊德先生待在一起的人，不可能是拉尔夫·佩顿。

“于是，本案中最最有趣的问题出现了：九点半和艾克罗伊德先生同处一室的人究竟是谁？不是拉尔夫·佩顿，他当时正在凉亭中和妻子会面；不是查尔斯·肯特，他早已离开芬利庄园。那么究竟是谁？我要提出一个最聪明——也是最大胆的问题：当时到底有没有人和艾克罗伊德先生在一起？”

波洛倾身向前，得意扬扬地抛出最后这几句话，又往后一缩，仿佛已使出了致命的撒手锏。

然而，雷蒙德非但不为所动，反而提出了异议。

“也许您怀疑我撒谎，波洛先生，但证人并非只有我一人——只是具体说法有所区别而已。别忘了，布兰特少校也听见艾克罗伊德先生在和别人谈话。他在外面的露台上，当然不可能把每句话都听得一清二楚，但他的确听到说话声了。”

波洛点点头。

“我可没忘，”他平静地回应，“但是根据布兰特少校的印象，当时和艾克罗伊德先生说话的人是你。”

雷蒙德惊呆了，但他很快就回过神来。

“现在布兰特也知道弄错了。”他说。

“确实如此。”布兰特予以声援。

“但他会有这种印象，不是没来由的。”波洛沉吟道。“哦！不不，”他扬手堵住了雷蒙德刚到嘴边的话，“我明白您要说的理由——但那还不够，必须另寻答案。这么说吧，从介入此案开始，我脑海中就萦绕着一个谜——雷蒙德先生无意中听到的那几句话，相当特别。奇怪的是，居然没人对此产生疑问——没人注意到那几句话中的玄机。”

他稍停片刻，然后轻轻复述雷蒙德听到的话：

“……近来你伸手索钱的次数未免过于频繁，因此我已无可能继续满足你的要求。诸位难道没听出其中的怪异之处？”

“我不觉得啊，”雷蒙德说，“他经常向我口述信件，语气用词几乎完全一样。”

“正是这样，”波洛高声说，“我就是这个意思。难道会有人在聊天时用这种语气？那绝不可能是一场真实的对话。所以，如果他当时是在读一封信——”

“您是指他在大声读一封信。”雷蒙德不慌不忙地说，“即便如此，他肯定也得读给什么人听才对。”

“何以见得？并没有证据表明房里还有其他人。请注意，你们也只听到了艾克罗伊德先生本人的声音。”

“当然没有人会大声为自己读这种内容的信——除非他——唔……头脑有问题。”

“有件事您居然忘了，”波洛温和地说道，“上星期三有个陌生人来拜访艾克罗伊德先生。”

所有人都瞪着他。

“不错，”波洛肯定地点点头，“是星期三。那年轻人本身并不重要，但我对他任职的公司很感兴趣。”

“口述录音机公司！”雷蒙德喘着气，“我明白了，您是指口述录音机？”

波洛点点头。

“还记得吗，艾克罗伊德先生已经答应要买一台口述录音机。出于好奇，我咨询了那家公司，得到的答复是：艾克罗伊德先生已经从他们的推销员那儿买下了一台口述录音机。至于他为何对您保密，我就不清楚了。”

“他肯定是想让我大吃一惊，”雷蒙德嘟囔着，“他有这种孩子气的爱好，就爱自己先捂上一两天玩玩，然后才拿出来吓人一跳。对，这就说得通了，您说得很对——没有人会用那种口吻闲聊。”

“这也就解释了为什么布兰特少校会以为您在书房里，”波洛说，“他听到的实际上是朗读信件过程中的片段，所以潜意识里便推断是艾克罗伊德先生在向您口述一封信。但他的注意力正被另一件事吸引过去——他瞄见了一个白衣身影。他以为那是艾克罗伊德小姐。当然，实际上他看见的是厄休拉·伯恩的白色围裙，当时她正悄悄溜去凉亭。”

雷蒙德总算从震惊之中缓过劲儿来。

“无论如何，”他说，“虽然您的发现非常了不起（我肯定自己永远都想不到那一层），但案情的核心依然不可动摇。艾克罗伊德先生九点半的时候还活着，因为他正对着口述录音机说话。而查尔斯·肯特那时确实已经离开庄园。至于拉尔夫·佩顿——”

他犹豫了，看着厄休拉。

厄休拉脸色骤变，但态度依然坚定。

“拉尔夫和我不到九点四十五分就分开了，他一步也没接近大宅，这我可以担保。再说他根本不想回去，当时全世界他最不愿意面对的人就是艾克罗伊德先生，他怕得要命。”

“并不是说我怀疑你的证词，”雷蒙德解释，“我始终坚信佩顿上尉是无辜的。但一旦上了法庭——他免不了又得回答那些问题。形势对他非常不利，但他如果肯出来见个面——”

波洛打断了他。

“这是你的建议？你认为他应当站出来？”

“当然。如果您知道他在哪儿——”

“看样子您还是不信任我的能力。我刚才就说过，一切问题我都心里有数：那通电话的真相、窗台上的鞋印、拉尔夫·佩顿的藏身之处——”

“他在哪儿？”布兰特少校厉声追问。

“算不上很远。”波洛微微一笑。

“在克兰切斯特？”我问道。

波洛转身看着我。

“你总是这么问，总也离不开克兰切斯特。其实他就在——那儿！”

他夸张地用食指一指，所有人都扭头望去。

拉尔夫·佩顿就站在门口。

# 第二十四章　拉尔夫·佩顿之谜

我心里七上八下，几乎没留意接下来发生了什么，只记得耳畔的惊呼声此起彼伏。等我好容易稳住情绪，拉尔夫·佩顿已经和妻子并肩而立，手拉着手，朝我微笑了。

波洛也笑了，意味深长地对我晃晃手指。

“我说过多少次了？谁也别想瞒过赫尔克里·波洛，”他的话掷地有声，“对我来说，这种案子不在话下。”

他又转向其余众人。

“诸位都还记得，前些天也开过一次会——只有我们六个人。当时我指责在场的其余五人都隐瞒了一些事。其中四人已经坦白，只有谢泼德医生一直坚守秘密。但我始终心存疑惑。案发当晚谢泼德去‘三只野猪’找拉尔夫，结果没找到；但我想，如果谢泼德回家途中遇到他了呢？谢泼德医生是佩顿上尉的朋友，又刚刚从犯罪现场直接赶过来，肯定明白案情对佩顿上尉非常不利。也许他所了解的比别人更多——”

“没错，”我垂头丧气，“看来我还是全招了吧。那天下午我去找拉尔夫，一开始他仍然心存戒备，但很快就向我透露了他的婚事和所面临的困境。谋杀案发后，我便意识到，一旦拉尔夫的秘密曝光，人们肯定会怀疑——即便怀疑的对象不是他，也会是他所爱的女人。那天晚上我为他剖析了利害。他一想到如果自证清白，罪责便有可能落到妻子头上，就决定不惜一切代价也要——也要——”

我踌躇着该不该往下说，但拉尔夫替我说完了：

“不惜一切代价也要当无耻的逃兵。”他说得倒很形象，“是这样，厄休拉和我分开后就回屋了，我心想她有可能再找继父求情，而那天下午他非常粗暴地对待过她。我突然想到，如果他说话还是那么难听——她也许会一时失去理智——”

他停住了，厄休拉迅速抽出手，后退一步。

“你居然这么想，拉尔夫！你真以为我是凶手？”

“我们还是谈谈谢泼德医生的冒失之举吧。”波洛不动声色地说，“谢泼德医生答应帮忙。他成功地将佩顿上尉藏了起来，警方完全蒙在鼓里。”

“藏在哪里？”雷蒙德问，“难道藏在医生家里？”

“啊，当然不是。”波洛说，“你应该学学我，好好问问自己：如果善良的医生要把那小子藏起来，会选择什么地方？肯定要在附近才行。我想到了克兰切斯特。旅馆？不会。公寓？更不可能。那么会是哪里？啊！我灵机一动，想到了答案：藏进一家疗养院，一家为精神病人开设的疗养院。于是我着手验证这一结论，谎称我有个患精神病的侄儿，请谢泼德小姐推荐合适的安置之处。她给了我克兰切斯特附近两家精神病院的名字，都是她弟弟曾经送病人去过的地方。我进一步调查，果然，其中一家就有一名病人，是星期六早上谢泼德医生亲自送去的。虽然这名病人用了化名，我仍然轻易认出了他是佩顿上尉。办理了一些必要的手续之后，院方就允许我带他出院了。昨天清早他刚住进我家。”

我泄气地看着他。

“卡洛琳说的内政部专家，”我嘀咕道，“真没想到竟会是拉尔夫！”

“现在你明白了吧，为什么我会特别留意你在手稿中所表现出的‘克制’。”波洛低声道，“虽然你记录的案情已尽可能详细——但并非全无保留，对吧，我的朋友？”

我羞惭得无言以对。

“谢泼德医生不愧是最忠实的朋友，”拉尔夫说，“他毫无保留地支持我，处处为我着想。经过波洛先生的点拨，我才明白藏起来并不是最好的办法。我应当面对现实，挺身而出。大家知道，在疗养院里没有报纸，我根本不知道后来又发生了这么多事。”

“谢泼德医生堪称谨小慎微的典范，”波洛冷冷地说，“但所有的秘密都瞒不过我，我就是干这一行的。”

“现在你可以好好解释一下那天晚上的情况了吧。”雷蒙德有点儿不耐烦了。

“其实大家都知道了，”拉尔夫说，“也不必再补充什么。我大约九点四十五分离开凉亭，在小径上徘徊了一阵，盘算着接下来该怎么办。我承认，我并没有不在场证明，但我可以对天发誓，我从头到尾都没去过书房，根本没看见我继父是生是死。我不在乎别人怎么看，只希望在场的诸位能相信我。”

“没有不在场证明啊，”雷蒙德嘀咕着，“真糟糕。我当然相信你，但现在情况很棘手。”

“不过，案情也因此变得非常明朗，”波洛居然兴高采烈，“真的非常明朗。”

我们都瞪着他。

“你们明白我的意思吗？还不明白？就这么简单——要解救佩顿上尉，真正的凶手就必须俯首认罪。”

他对大家微微一笑。

“不错——我就是这个意思。现在明白了吧，为什么我没请拉格伦警督出席今晚的聚会？因为我不愿意向他透露我所掌握的全部内情——至少不是今晚。”

他上身前倾，从语气到神态都陡然一变，霎时透出危险的气息。

“我现在告诉你们——我知道谋杀艾克罗伊德先生的凶手就在这间屋子里。这句话我是针对凶手说的。到了明天，全部真相就会通报给拉格伦警督，听清楚了吗？”

房中鸦雀无声，紧张的暗流在静默中悄然涌动。此时，那位一身布列塔尼装束的老妇走了进来，手中捧着的托盘里有一封电报。波洛将电报撕开。

布兰特忽然朗声问道："您是说凶手就在我们中间？而且您还知道——是哪一个？"

波洛读完电报，揉成一团。

"现在——我知道了。"

他轻轻拍着手里的纸团。

"那是什么？"雷蒙德追问。

"一条从船上用无线电传来的消息——这艘船正驶向美国。"

又一阵死寂。波洛站起身，微鞠一躬。

"先生们，女士们，今晚聚会到此结束。请牢记——明天一早，拉格伦警督就会知道真相。"

# 第二十五章　全部真相

波洛悄悄示意我留下。我照办了，走到壁炉旁，用靴子尖踢踢炉子里的木头，沉思着。

此刻我很迷惑，第一次对波洛的用意彻底摸不到头脑。刚才这一幕估计又是波洛虚张声势的布局——按他的说法，“一出喜剧”——令人觉得他既有趣又掌控着大局。尽管如此，刚才的场面却逼真得令我不得不信。他话中的威慑力显而易见，态度也真诚得不容置疑。可是我仍然觉得，他的推理方向全错了。

送走最后一位客人后，他关上门，走到壁炉旁。

“好了，我的朋友，”他平静地说，“你的看法呢？”

“我不知道该怎么看了。”我坦率地说，“你到底打什么主意？为什么不直接向拉格伦警督通报真相，而非要大张旗鼓地警告那个罪犯呢？”

波洛坐了下来，取出小巧的俄罗斯烟盒，默默吸了一会儿烟，这才说道：“动用一下你的小小灰色细胞，”他说，“我的所有行动都有理由。”

我稍一迟疑，才慢吞吞地回答："我的第一反应就是，其实你不知道凶手是谁，但肯定就在今晚这群人之中。你说那番话的目的是逼迫这个未知的凶手去自首。"

波洛赞赏地点点头。

"想法不错，但没猜对。"

"估计你想让他相信，你已经查明一切，从而引蛇出洞，逼他主动出击——倒未必是俯首认罪。说不定他会抢在明天早上你通报警督之前设法封住你的嘴——正如他一劳永逸地让艾克罗伊德先生闭嘴那样。"

"拿自己当诱饵设圈套！谢谢，我的朋友，但我可没那么勇敢。"

"那我就搞不懂了。你这样做难道不是给凶手提了个醒，白给他一次逃脱的机会？"

波洛摇摇头。

"他逃不掉，"他正色说，"他面前只有一条路——而这条路并不通往自由。"

"你真的相信凶手在今晚这群人之中？"我将信将疑。

"是的，我的朋友。"

"是哪一个？"

波洛沉默了几分钟，将烟头投入壁炉，以一种历经深思熟虑的冷静口吻，开始娓娓道来。

"请重温一遍我的调查轨迹，一步步跟上我的思路，最后你会发现，所有事实都无可辩驳地指向一个人。那么，首先是两个事实和一处时间上的小矛盾引起了我的注意。第一是那通电话。如果凶手真是拉尔夫·佩顿，那通电话就变得毫无意义了，怎么都说不通。因此我认定拉尔夫·佩顿不是凶手。

“经过确认，电话不可能是芬利庄园任何一个人打的，但我又坚信，凶手就在命案当晚出现在庄园的人之中。由此我得出结论，打电话的肯定是共犯。我对此并不满意，只好暂时搁在一边。

“接下来我重点研究打电话的动机。这可是个大难题，只能通过结果来反向推导。而这通电话的结果就是——谋杀当晚就被发现了——否则多半要拖到第二天。这一点你同意吗？”

“是——是啊，”我承认，“没错，如你所说，艾克罗伊德先生吩咐任何人不得打扰，因此当晚很可能不会再有人去书房了。”

“非常好。这不就更进一步了吗？但案情依然胶着。当晚发现死者，和第二天早上才发现相比，凶手能得到什么好处？我的唯一推断就是：凶手想控制发现死者的时间，确保破门而入时他也在现场——或者可以马上赶到。接下来看事实之二——有一把椅子被人从墙边拖了出来。拉格伦警督不以为意，忽略了它的重要性。而我恰恰相反，始终认为这一点极为关键。

“你在手稿中画了一张清晰的书房布局图，如果你带着它的话，一看就会发现——帕克所指出的椅子被拖出后的位置，正好位于房门和窗户这两点之间的直线上。"

“遮住窗户！”我迅速反应过来。

“你和我最初的想法一样。我原以为拖出椅子可以挡住窗口的某件东西，以防止从门口进来的人看到它。但很快我就推翻了这一假设。因为这把老式椅子的靠背虽然很高，但也只能挡住很小一部分窗户——仅仅是窗口与地面之间的那一部分而已。不，我的朋友——还记得吗，窗前摆着一张书桌，桌上堆放着书籍和杂志。而这把椅子被拖出来之后，便完全遮住了桌子——转瞬间，我隐约窥到了真相的一角。

“凶手是不是不想让人看见桌上的什么东西？是不是凶手放在那儿的东西？虽然当时我还毫无头绪，但围绕这一点，却能归纳出几个有趣的条件。例如，那件东西凶手作案时不能带走；而案发之后又必须尽快将它移除。于是，凶手必须借助那通电话，才有机会在发现尸体时身处现场。

“警方到来之前，出现在现场的有四个人：你、帕克、布兰特少校，以及雷蒙德先生。我立刻就排除了帕克，因为无论何时发现现场，他必然都在场。而且椅子被拖出来的事也是他告诉我的，所以帕克是清白的（谋杀和他无关，但我仍然认为他很可能就是敲诈弗拉尔斯太太的人）。雷蒙德和布兰特的嫌疑不能排除，因为如果第二天一早谋杀才被发现，他们有可能无法及时赶到，桌上的东西就要曝光了。

“那么，究竟是什么东西？今晚我对雷蒙德无意中听到的那段话所做的分析，你也听明白了吧？一得知口述录音机公司的推销员曾经来过，我就认定口述录音机在案件中一定扮演着重要角色。不到半小时以前我所做的推论你也听见了吧？他们都同意我的观点，但似乎又都忽视了一个关键问题：假设艾克罗伊德先生当晚使用过口述录音机，为什么这台口述录音机后来不见了呢？”

“我从没往这方面想过。”我说。

“我们知道艾克罗伊德先生已经买下一台口述录音机，但他的遗物中却没有这台机器的踪迹。因此，如果桌上有东西被人拿走的话——难道不就是口述录音机吗？可是，要带走这东西有一定困难。虽然所有人的注意力当时都集中在死者身上，任何人都有可能在不引起别人注意的情况下接近书桌，但一台口述录音机的体积可相当大，不是随随便便可以塞进口袋的。必须有一个足够装得下它的容器才行。

“跟上我的思路了吗？凶手的轮廓正逐渐显形。一个想尽快赶到现场，如果第二天早晨谋杀才被发现就很可能鞭长莫及的人；一个携带了足以装下口述录音机的容器的人——”

我打断了他：“但为什么要拿走口述录音机？目的是

什么？”

“你和雷蒙德先生一样，想当然地认为九点半听到的声音是艾克罗伊德先生在对着口述录音机说话。但请考虑一下这项新发明的用途。只要你用它进行口述，过后秘书或者打字员打开录音机，就能原原本本听到你的声音。”

“你是指——”我倒吸一口凉气。

“不错，我正是此意。九点半的时候艾克罗伊德先生已经死了。当时在说话的是口述录音机——而不是他本人。”

“而打开口述录音机的人就是凶手。那么当时他肯定也在房间里了？”

“很有可能。但不排除凶手使用了某种机械装置——某种定时装置或者简易闹钟什么的。但这样一来凶手还要具备两个条件：知道艾克罗伊德先生购买了一台口述录音机，并且具备必要的机械知识。

“看到窗台上的鞋印之前，我的以上想法已初步成形。根据鞋印我可以得出三种不同的结论：一、鞋印也许确实是拉尔夫·佩顿留下的，他当晚去过芬利庄园，有可能从窗口爬进书房，发现继父已经死亡。这是第一种假设。二、鞋印可能是某个鞋底恰好有同样橡胶钉的人留下的。但庄园里所有人穿的都是普通布鞋，而且我也不相信某个外来人员会刚巧和拉尔夫·佩顿穿一模一样的鞋。至于查尔斯·肯特，根据‘狗哨’酒吧女招待的证词，他穿的是一双‘非常掉价’的靴子。三、那些鞋印是某人故意留下的，目的是嫁祸于拉尔夫·佩顿。为了验证最后这个推论，有必要先查清某些事实。警方从‘三只野猪’拿到了一双拉尔夫的鞋，无论拉尔夫还是别人，那天晚上都不可能穿过它，因为鞋底很干净。警方的观点是，拉尔夫穿着另一双同样的鞋，而我也查出他的确有两双这种鞋。那么按照我的思路，凶手当晚穿了拉尔夫的鞋——如此一来，拉尔夫肯定穿了另外一双鞋。很难想象他会带三双同样类型的鞋——因此这第三双更可能是靴子。我请你姐姐去调查这个问题——坦白说，我特意将重点放在靴子的颜色上，以掩盖我的真正意图。

“她的调查结果你也知道了。拉尔夫·佩顿果然随身带了一双靴子。昨天早晨他刚到我家，我问的第一个问题就是：案发当晚他穿的是什么鞋。他不假思索地回答说自己穿的是靴子——事实上那双靴子依然在他脚上——他也没其他鞋可穿了。

“于是我们离凶手的真面目又更近一步——一个当天有机会去‘三只野猪’拿走拉尔夫·佩顿的鞋子的人。”

他稍停片刻，略微提高嗓门。

“再进一层，凶手必然是有机会从银桌中盗取那柄短剑的人。也许你要反驳说，庄园里的任何人都可以下手，但我要提醒你，弗洛拉·艾克罗伊德非常有把握，她查看银桌的时候，那柄短剑已经不见了。”

他又停顿了一下。

“我们来概括一下——现在真相已经呼之欲出了。一个当天早些时候去过‘三只野猪’的人；一个与艾克罗伊德极为熟悉、知道他买了一台口述录音机的人；一个懂得机械原理的人；一个有机会在弗洛拉小姐到来之前从银桌中偷走短剑的人；一个携带着足以装下口述录音机的容器——比如一只黑皮包——的人；一个在案发后帕克打电话报警时有机会在书房里单独待上几分钟的人。事实上此人就是——谢泼德医生！”

# 第二十六章　云开雾散

死一般的静默持续了大约一分半钟。

然后我放声大笑。

“你疯了吧。”我说。

“不，我没疯。”波洛平静地说，“正是时间上的一点点矛盾，让我从调查一开始就对你产生了怀疑。”

“时间上的矛盾？”我不明所以。

“不错，你应该还记得，包括你在内的所有人都知道，从门房到大宅要走五分钟——如果抄近路走露台的话，还用不了这么久。根据你本人的证言，你离开大宅的时间是八点五十分，这也得到了帕克的佐证；但你九点整才走出庄园大门。那样的寒夜，谁有兴致在外头闲逛呢？那么，为什么五分钟的路程你却花了十分钟？而且我注意到，只有你的证词提到书房的窗户曾经是闩紧的。艾克罗伊德问你是否关紧了窗户——但他并没有亲自查看。那么假设书房的窗户其实没闩上呢？在那十分钟时间里，你是否来得及跑步绕到屋外，换双鞋，爬进窗户杀死艾克罗伊德，然后于九点钟抵达庄园大门？我推翻了这种假设，因为艾克罗伊德那天晚上神经高度紧张，如果你从窗户爬进房间，他一定会听见，并引发一场搏斗。但如果你离开之前就杀了艾克罗伊德——站在他身旁时趁机下手？接着你走出前门，跑到凉亭，取出你带去的那双拉尔夫·佩顿的鞋子，匆匆换上，踩过泥地，在窗台上印下鞋印，爬进书房，从里面锁好门，再跑回凉亭把鞋换回来，疾步跑向庄园大门。（你去通知艾克罗伊德太太的时候，我独自在庄园里排练了一遍，正好需要十分钟。）之后你就回家了，不在场证明也已备妥，因为你将口述录音机的时间设定在九点半。”

“亲爱的波洛，”我说话的声音都变了，连自己听着都觉得奇怪，“你查案查昏头了吧。杀害艾克罗伊德到底能给我带来什么好处？”

“安全。敲诈弗拉尔斯太太的人就是你。有谁，能比护理弗拉尔斯先生的医生更清楚他的死因？那天我们在花园里初次交谈时，你提到大约一年前继承了一笔遗产。结果经我追查，这笔钱根本来路不明。其实那只是你找了个借口解释从弗拉尔斯太太那里敲诈来的两万英镑而已。你拿了等于白拿，大部分都在投机生意中打了水漂——于是你更加残忍地压榨她，最终弗拉尔斯太太不堪忍受，采取了出乎你预料的了断方式。如果艾克罗伊德得知实情，他绝不会原谅你——你这辈子就算完了。”

“那通电话又是怎么回事？”我试图挖苦他，“估计你也有一套花哨的解释？”

“不瞒你说，当我得知确实有人从金斯艾伯特车站给你打过电话时，我才发觉这是破案的最大障碍。起初我还以为这通电话是你编造出来的。这一招实在太高明了。你必须有个借口赶去芬利庄园，发现尸体，然后伺机拿走为你建构不在场证明的口述录音机。那天我第一次去拜会你姐姐，打听星期五早晨你有哪些病人时，还没想到拉塞尔小姐也在其中。这不能不说是一个幸运的巧合，帮我掩盖了我的真正目标。我果然大有收获，那天早上你的病人当中有一位美国轮船上的乘务员。除了他，还有谁会在当晚乘火车前往利物浦？而且他很快就会乘船出海，到时去哪里找？我发现‘猎户座’号星期六起航，于是查出这位乘务员的名字，发无线电报向他求证。刚才我收到的这封电报就是他的答复。”

他将电报递给我，上面写着：

> 完全正确。谢泼德医生托我给一位病人捎个口信，并让我在车站打电话向他转述对方的回复。可是电话无人接听。

“果然是一条妙计。”波洛说，“确实有人打来电话，你姐姐亲眼看你拎起了话筒。但实际上讲话的只有一个人——就是你自己！”

我打了个哈欠。

“你说的这些很有意思，但纯属无稽之谈。”

“是吗？记住我的话——拉格伦警督明天一早就会知道真相。但看在你那善良的姐姐的分儿上，我愿意为你提供另一种解决方式。比如，服用过量的安眠药。明白我的意思吗？但拉尔夫·佩顿上尉的嫌疑必须澄清——这没有商量的余地。我还是建议你继续完成这份有趣的手稿，但不要像之前那样将自己撇得一干二净。”

“你的建议还挺多，”我说，“到底说完了没有？”

“你提醒我了，确实还有一点要讲清楚。如果你还想故技重施，试图用灭口艾克罗伊德先生那种方法来堵我的嘴，就太不明智了。这种把戏对赫尔克里·波洛是不会奏效的，希望你明白。”

“亲爱的波洛，”我微笑着说，“无论我这人怎么样，至少还没那么傻。”

我站起身。

“好了，好了，”我打了个小哈欠，“我得回家了，多谢你让我度过了一个别开生面、意义非凡的夜晚。”

波洛也站起身。我出门时，他还跟往常一样，彬彬有礼地微微鞠了一躬。

# 第二十七章　自白书

凌晨五点了，我已筋疲力尽，但总算完成了任务。写了这么长时间，我的手臂酸得几乎抬不起来。

真没想到这份手稿会以这种方式收尾，原本我还打算将来某一天把它作为波洛失败的案例付诸出版呢！人算不如天算啊。

自从看见拉尔夫·佩顿和弗拉尔斯太太并肩走在一起的那一刻开始，我就有大难临头的预感。当时我以为她正对他推心置腹，后来才知道根本不是这么回事。但那天晚上和艾克罗伊德一起走进书房时，我脑海中依然盘旋着这个念头，直至他告诉我实情时才明白过来。

可怜的老艾克罗伊德。我一直很欣慰，毕竟我给过他一次机会。我催促他赶紧把信读完，否则一定会后悔。不过坦白说，可能是潜意识在提醒我，像他那种老顽固，越催他读，他就越不肯读。从心理学角度剖析当晚他的紧张情绪，倒是很有意思。他明明知道危险近在眼前，却从未怀疑到我头上。

一开始我没打算用那柄短剑，当时我携带了一把非常轻便的凶器。但一看到银桌里躺着的那柄短剑时，我立刻想到，如果使用无法追查到我头上的凶器，自然是上上之策。

我早已计划除掉艾克罗伊德。一听到弗拉尔斯太太的死讯，我便相信她死前肯定已经将一切都告诉了艾克罗伊德。遇到他的时候，见他焦躁不安，我还以为他已经获悉真相，只是不敢相信，准备给我一次申辩的机会而已。

于是我回家之后就做了种种准备。如果他焦躁的原因只不过是拉尔夫的事情——唔，那做点准备也不会有害处。两天之前，艾克罗伊德的口述录音机出了点小毛病，我劝他先让我试着修一修，没用的话再退货。我在录音机上做了点儿手脚，那天晚上就藏在包里带去了。

我对自己的写作功力相当满意。比如下面这个段落写得就特别聪明：

> 信是八点四十分送进来的。而当我八点五十分离开他的时候，那封信仍然没读完。我的手搭在门把上，彷徨不定，回头望了望，寻思着是否还有什么事情没处理。

看见没有，全是实话。但如果我在第一句话后面加上一个省略号呢？有人怀疑过那十分钟空白时间里发生了什么吗？

当我从门口回望书房时，心中十分满意。该办的都办妥了。口述录音机放在窗前的桌子上，时间定为九点半（那小小的机械装置十分巧妙，是根据闹钟的原理制成的），我还把扶手椅拖了出来，这样从门口就看不到口述录音机了。

不得不承认，在门口撞上帕克，真是吓得我魂飞魄散。这一事实我也如实记录下来了。

后来，发现尸体后，我派帕克去打电话报警。此处我在手稿中的用词十分严谨："我做了点非做不可的小事。"的确是小事——只是把口述录音机藏进包里，将椅子推回墙边原来的位置而已。我做梦也没想到帕克竟会注意到椅子的位置。从逻辑上说，发现尸体后的震惊和慌乱，应该令他无暇顾及其他东西才对。但我忽略了训练有素的仆人所拥有的本能反应，实属失策。

要是我能未卜先知，预料到弗洛拉会说九点四十五分时还见到她伯父健在，那该多好啊。她的话彻底把我搞蒙了。事实上，整个案子从头到尾层出不穷的种种谜团几乎令我绝望，似乎所有人都被卷了进来。

我最最害怕的还是卡洛琳。我曾想过她没准会猜出真凶。那天她说我会"走上邪路"的感觉就很怪异。

哎，反正她永远都不会知道真相了。正如波洛所说，摆在我面前的只有一条路……

我可以信任他。他和拉格伦警督会严守秘密。我不希望卡洛琳知道我是凶手。她那么喜欢这个弟弟，而且也一直以我为荣……我的死会令她悲痛万分，但时间总会冲淡悲伤……

当我写完全文，我会把整份手稿封进信封里寄给波洛。

接下来——该怎么了断呢？安眠药？多么富有诗意的判决啊。我倒不是想为弗拉尔斯太太之死负责。她纯属自作自受。我一点儿都不可怜她。

我也不可怜我自己。

那么就让安眠药为一切画上句号吧。

如果赫尔克里·波洛没有隐退到这里来种西葫芦就好了。

---

**图书在版编目（CIP）数据**

罗杰疑案：精装纪念新版 /（英）阿加莎·克里斯蒂著；常禾译 . -- 4 版 . -- 北京：新星出版社，2025. 6. -- ISBN 978-7-5133-6069-2

Ⅰ . I561.45

中国国家版本馆 CIP 数据核字第 202501ZQ66 号

午夜文库
谢刚 主持

# 罗杰疑案（精装纪念新版）

[英] 阿加莎·克里斯蒂 著；常禾 译

**责任编辑** 刘 琦　　**统筹编辑** 王 欢
**责任印制** 李珊珊　　**责任校对** 刘 义
**封面插图** 宣 和　　**装帧设计** 周伟伟

**出 版 人** 马汝军
**出版发行** 新星出版社
（北京市西城区车公庄大街丙 3 号楼 8001　100044）
**网　　址** www.newstarpress.com
**法律顾问** 北京市岳成律师事务所
**印　　刷** 北京天恒嘉业印刷有限公司
**开　　本** 889mm × 1092mm　1/32
**印　　张** 10.125
**字　　数** 187 千字
**版　　次** 2025 年 6 月第 4 版　　2025 年 6 月第 1 次印刷
**书　　号** ISBN 978-7-5133-6069-2
**定　　价** 65.00 元

---



总机：010-88310888　　传真：010-65270449　　销售中心：010-88310811